悪役令嬢になりたいのにヒロイン扱いってどういうことですの⁉

エステル
救済枠で入学した、
貧民街出身の転入生。
非常にしたたかで打たれ強く、
巧みな立ち回りを見せる。
クロヴィス
リリーの元婚約者で王子。
ある日リリーに婚約破棄を
突き付けたが、とある理由から
婚約破棄の撤回を
掲げてついて回るように。
自分にも他人にも厳しい性格。
リリー
悪役令嬢に憧れる公爵令嬢。
幼い頃からクロヴィスと
婚約していたが、
少し前から婚約解消を
予感しており、いざ破棄された
時も笑顔で受け入れた。
悪役令嬢小説を
バイブルとしている。

登場人物紹介
リアーヌ
侯爵令嬢。
自信家で気が強く、
リリーが目指す
「悪役令嬢」を
地で行くタイプ。
セドリック
リリーやクロヴィスの
幼馴染で、騎士見習い、
またクロヴィスの護衛。
フレデリックの双子の兄。
いつもにこにこと笑みを
浮かべているが最も腹黒い。
フレデリック
リリーやクロヴィスの
幼馴染で、騎士見習い、
またクロヴィスの護衛。
人の話をまぜっかえすような
発言も多いが、リリーにとって
気の置けない友人。

プロローグ

「リリー・アルマリア・ブリエンヌ」

「はい」

幼い頃より決められた婚約者からソレを言い渡される、待ちに待ったこの瞬間。

「お前との婚約を破棄する」

「はい！」

リリーは喜びの笑みを隠せなかった。


「お前は一体何を考えているんだ！」

父フィルマンの怒鳴り声がキーンと響き、耳鳴りを起こす。騒音とも呼べるその怒声に、リリーは目を閉じたまま思わず眉を寄せた。

学園のどこかに、父親直通の情報パイプがあるに違いない。そう疑いたくなるほど、父親の耳に入るのは早かった。

「お父様、室内にいるのですから、そのように声を張られずとも聞こえておりますわ」

「聞こえていても理解せねば意味がないだろう！　この馬鹿娘！」

愛しい愛しいと頬ずりをしてくれたのは遠い昔の話。今では頬ずりもなければ頬へのキスもなし。あるのは屋敷中に響き渡る怒鳴り声と、血圧の上昇を知らせる赤い顔、そして蛇よりも鋭い睨み。

あまりの勢いに、テーブルの上に置かれた紅茶が揺れ、こぼれそうになる。それを、カップを持ち上げて防いだ。

「モンフォール家との破談が、ブリエンヌ家にどれほどの被害をもたらすことになるのか、わかっているのか！」

「そのようなことをおっしゃられましても、破談されたのはわたくしの方ですし」

「言い訳はいい！　お前はその時、泣くでも縋《すが》りつくでもなく、笑顔だったというではないか！」

間違いなく父親のスパイが学園の中にいる。

「驚きと悲しみで涙も出ませんでした。ほら、言うではありませんか。人は悲しみのあまり笑ってしまうと。わたくしもそれと同じ状態で――」

「嘘をつくな」

娘の言葉を毛の先ほども信じていないその親心、娘ながら大変素敵ねと嫌味の一つも言いたくなる。顔を背け、いかにも悲痛な面持ちで口を押さえたのは芝居くさすぎたかと、リリーは表情を戻した。

「周りには大勢の生徒がいたのです。その場で泣き崩れて縋《すが》りつくなど、それこそブリエンヌ家の恥だと思いませんこと？」

「むしろブリエンヌ家のためを思うなら、憐《あわ》れっぽく泣いて縋《すが》りつくぐらいはできただろう！　相手は王子だぞ！　公爵家の娘が必死に泣きつくのは何もおかしなことではない！」

「彼は心変わりしたのです！　なぜ婚約破棄を言い渡されたわたくしが責められなければいけませんの？」

「お前が彼の心を繋ぎとめておかないからだろう！　お前の努力不足だ！」

これはあまりに理不尽というもの。

確かに誠心誠意尽くしたりはしなかったけれど、彼の自尊心を傷つけたりもしなかった。婚約者として誇ってもらえるよう、成績も言動も気をつけてきたつもりなのに、父はそれを当たり前のことのように言い放つだけ。

リリーの生きている社会の一般論では、男性が心変わりするのは女性のせいで、女性の心変わりは女性自身のせい。いつまで経っても消えない女性差別を、ブリエンヌ公爵家の当主が堂々と口にするとは嘆かわしい。

「お父様がなんとおっしゃられようと、彼にはもう新しい恋人がいるのです！　わたくしが泣き縋《すが》っても彼の心は戻ってきません！」

「努力する前から放棄するな！　だからお前は馬鹿だと言うんだ！」

「お父様の娘ですから、それも仕方ありませんわ！」

リリーはカップを丁寧に置いた後、しかしその丁寧さが意味をなくすほど強くテーブルを叩いて立ち上がる。すると、こぼれた紅茶を拭きにメイドがサッと現れた。続いて父親もテーブルを叩いて立ち上がり、拭いたそばから紅茶がこぼれる。それでもメイドは表情を変えることなく黙々と掃除を続けた。

父のお気に入りのメイドは、よく躾《しつ》けられているのだ。

「お話がこれだけでしたら、部屋に帰らせていただきます！」

「まだ話は終わっていない！　座れ！」

「泣き縋《すが》れとおっしゃるのでしたら、答えはノーですわ！」

「待て！　リリー！」

声を荒らげる父を振り切り廊下に出るだけで、どっと疲れが出た。

婚約者がリリーに愛想を尽かして破棄を言い渡したのであれば、泣き縋《すが》ることもしたかもしれない。けれど、今回のこれは完全に彼の心変わりで、浮気も同然。その上大勢が見守る中で、隣に婚約者以外の女性を連れ、婚約者に婚約破棄を告げた彼の度胸は大したものだ。

しかし結局は親同士が勝手に決めた婚約。相手に対して愛情など欠片《かけら》もなかったリリーはなんのショックも受けなかった。公爵令嬢でなくあくまでリリー個人としては、だが。

「そんなことより、本の続きを読まなくっちゃ！」

リリーは最近、日課と言ってもいいほど読書に時間を費やしている。窮屈なヒールを脱ぎ捨ててベッドに寝転びながら読む恋愛小説は格別だ。中でも最近流行の、悪役令嬢が主役の恋愛小説は特にお気に入り。

「ああ、なんて素敵なのかしら。嫌われようと自分の信念を曲げないとこが好きなのよね。イジメは良くないけど、ヒロインもたいていい図太い神経してるから悪役令嬢と張り合えちゃうのがまた面白いし、誰かに頼らないと生きていけないようなか弱いヒロインより、自分を持って生きてる悪役令嬢の方が断然いいわ。好き勝手できない身としては、こういう女性に憧れるのよ」

大勢の前で婚約破棄されようと、泣き喚《わめ》いて命を絶つわけでもなければ無様に縋《すが》りつくこともなく、ただ揚々《ようよう》と、王子を奪ったヒロインをイジメ抜く。そんな性根の腐り方も好きで、既に二十冊以上は読み漁《あさ》っている。

いつの世も女性は強いのに、自分達の方が有能だと思い込んでいる愚かな男性達が『女は男がいなければ何もできない』などと、勝手なことを口々に広めていった結果が、今の男女差別社会を作り上げている……と、リリーは思っている。

女性は決して弱くない。男性に守られずとも生きていける。裁縫、料理、お菓子作り。物を見る目なんかは男性よりも遥かに肥《こ》えているだろう。

それに比べて、男性は剣を持つか馬に乗るか、はたまた威張るかしかできないちっぽけな虚栄心の塊《かたまり》だ。おごり高ぶった男性貴族は一度没落でもしなければわからないだろう。

「また靴を脱ぎ散らかして。淑女としての気品を奥様のお腹の中に置いてきたようですね」

「淑女としての気品をお母様のお腹から取り戻す本なら椅子に座ってお上品に読むけど、悪役令嬢ものはベッドに寝転びながら読むのが一番なの」

いつの間にかリリーの背後に立っていたのは、メイド長のアネット。褐色肌が美しい彼女は、メイドとしては屋敷で一番優秀で、武術にも長《た》けた強き女性だ。

地方で踊り子をしていた彼女を父が連れ帰り、メイドとして雇うという名目で寵愛《ちょうあい》していたものの、暫《しばら》くしてまた地方へ視察に行った際に今度はアネットとは正反対のゆるふわ美少女に目を付けたことで、お気に入りから外された憐《あわ》れな女。

どんな境遇だろうが、リリーにとっては唯一飾らずなんでも話せる親友のような相手である。

「そんな本ばかり読んでいるのが旦那様に知られたら、全て燃やされてしまいますよ」

リリーは見せびらかすように、教典のような装いの小説を掲げる。

「カモフラージュは完璧。これは私のバイブル！　これから私が悪役令嬢として生きるためのハウツー本！　いくらお父様であろうと燃やすなんて絶対に許さないわ！」

リリーは明日から、〝婚約者に捨てられた可哀相なリリー・アルマリア・ブリエンヌ〟ではなく〝悪役令嬢リリー・アルマリア・ブリエンヌ〟として生きることを決めていた。

突如現れた女子生徒に婚約者を奪われ破談に追い込まれるのはどの悪役令嬢も同じ。まず自分がどん底まで落ちてから、ヒロインへの復讐を目論《もくろ》むのが王道。まずはそこから。

「どうなさるおつもりですか？」

「初めは、突然破談を言い渡された可哀相なヒロインを演じるの。ただ、こういう本と少し違って、私は元々意地の悪い女じゃないのよ。品行方正に生きてきたつもりだし、成績優秀で容姿端麗。どう考えても王道のヒロインポジションの女でしょ」

「自分で言いますか」

「で、問題なのはそこなの。最初から意地が悪ければそのままでいいけど、急に性格が変わったように意地悪をしたって、不自然なだけだし、私の評判も下がってしまう」

「悪役令嬢とはそういうものなのでは？」

アネットの言う通り、悪役令嬢はわかりやすく悪役に徹するから魅力的なのであって、陰でコソコソするのは卑怯だし、格好良くない。だが、駆け引きあってこその面白さというのもある。

一冊の本につき主役は一人であるように、リリーの人生も主役はリリー一人だけ。巻き戻ってやり直しなんてできないし、失敗も許されない。

悪役令嬢として楽しい学園生活を送るためには、練りに練った作戦を遂行する必要がある。

「ゴホン。わたくしなりの悪役令嬢で参りますわ。おーっほっほっほ！」

口元に添えるのは手よりも扇子《せんす》の方が悪役令嬢っぽいのだが、用意ができていないため今は手で我慢。

「ですが、本当によろしかったのですか？」

「何が？」

「王子との婚約解消です。王子がお嬢様の傲慢《ごうまん》さに愛想を尽かしたのであれば何も言いませんが、女に奪われたのであれば悔しさもあるのでは？」

アネットの指摘にポカンと口を開けること五秒。リリーは呆れすぎてものも言えないとばかりに、大きく首を振る。

「アネットはあの新しいメイドにお父様を奪われて悔しいの？」

「旦那様の女好きは天性のものですし、私もあの若さだけが自慢の小娘同様、拾われてきた身ですので、悔しさなどありません。誰もが通る道だと理解しています」

顔には出すまいとしているようだが、アネットが心の底から悔しがっているのが語気の強さで伝わってくる。

「しかし、王子は旦那様のようなお方ではございません」

「婚約者がいながら他の女にうつつを抜かすような男は等しくお父様と同じタイプだと思うけど。まあ、どうだっていいかな。それにほら、彼のことあんまり好きじゃなかったし。常に自分が正しい俺様人間、世界は自分を中心に回ってると思っているような傲慢《ごうまん》男には興味ないの。だから婚約破棄されて凄《すご》く嬉しい！　悪役令嬢にもなれるしね！」

リリー達の婚約は二人が惹《ひ》かれ合ってこぎつけたものではなく、親が決めたものだ。恋愛感情は一つもない。

それどころか、リリーは相手の性格に嫌悪さえ感じていた。

「そんなことより、明日のために予習しないと！」

（きっと明日から、彼は〝彼女〟を傍につけて片時も離さないはず。そして、私の前に立ちはだかって嫌味の一つや二つ言い放つか、もしくはもう関係ないって態度で無視するか、どっちかはするでしょうね。その時〝彼女〟は彼の後ろに少し隠れてか弱い女性を演じて見せるんだわ。私の目が怖いとか、何かされそうで怖いとか言って少し震えてみたりして。そして、彼はスッと手を伸ばして彼女を守る！）

映像になって鮮やかに浮かぶ光景に、リリーは本を抱きしめてギュッと目を閉じ、興奮に足をバタつかせる。

（私はそれを大きく鼻で笑って「男性に取り入るのが得意ですのね。よろしければわたくしにもやり方を伝授していただけませんこと？　ああ、できませんわね。天性の才能ですもの」と高笑いする。このプラン完璧っ！）

カッと目を見開き鼻息荒く起き上がると、大きくガッツポーズ。

「完璧なプランですわ！　自分の才能が恐ろしい！　わたくしはきっと悪役令嬢になるために生まれてきたのかもしれない！　いえ、悪役令嬢として生まれてきたんだわ……きたのですわ！」

悪役令嬢っぽい「ですの」「ですわ」口調にはまだ慣れないが、上手くやるしかない。

「ごっこ遊びもよろしいですが、あまり夜更かしはしないように」

「わかってる……ますわ！」

婚約破棄されてからがスタートなのだ。

そう、明日から悪役令嬢としての生活が始まるのだと喜びに震え、期待に胸を膨《ふく》らませていた――はずだったのに……

第一章

「リリー」

登校したばかりの自分を馴《な》れ馴《な》れしく呼び捨てにする声に振り向くと、〝元〟婚約者のクロヴィス・ギー・モンフォールが立っていた。

頭脳明晰《めいせき》、容姿端麗、成績優秀、王の座が約束されている王子と、長所を挙げはじめるとキリがない、神に愛された男。

女子だけでなく男子にとっても憧れの存在である彼だが、昨日の今日で何用だと、リリーは笑顔ではなく素の表情を向けた。

「……おはようございます」

「話がある。ついてこい」

リリーが思っていた展開とは少し違う朝だった。

クロヴィスの傍には確かに人がいた。だがそこにいるのは見慣れた騎士見習いの護衛だけで、〝彼女〟はいない。

悪役令嬢としての登場シーンは最も重要だ。紙に書き出した嫌味な台詞《せりふ》をまるで舞台役者のように何度も発声練習したというのに、肝心のヒロインがいないのでは話が変わってくる。

「ここでどうぞ」

「ついて来いと言ったはずだが？」

「ここでじゅうぶんですから」

「何か問題でもあるのか？」

なぜ問題がないと思っているのだろう？

自分から破談にした女を部屋に招いて話す内容とは？

昨日の今日で部屋に来いなどとどの口が言うのかと、リリーは眉を寄せた。

こうなったら仕方がない。リリーは作戦を変更することにする。完璧なプランAから、何かあった時のためのプランBへ。

「今更わたくしに何用ですの？　昨日、わたくしは大勢の前で婚約破棄を言い渡されるという、それはそれは酷《ひど》い羞恥《しゅうち》と屈辱を与えられました。あなたにとっては心変わりの結果による当然の行為でしょうけど、それを手紙でわたくしだけに伝えるなどの方法もあったのでは？　なのに、わざわざあのような場所であのようなやり方を……そんな非常識なお方と話すことは何もありませんわ」

腕組みをして顔を逸らし、フンッと鼻を鳴らしてみせる。そんなリリーを見る護衛の視線に、少し居心地の悪さを感じるも、引く気はなかった。

「リリーちゃん、気持ちはわかるけど、クロヴィスは昨夜からリリーちゃんと話がしたいって言ってたんだよ」

「……はあ？」

「その反応わかるよ、わかる。婚約破棄だって言っておいてその翌朝から話がしたいなんて、馬鹿も休み休み言えって思うよね」

「おい」

クロヴィス同様、リリーに馴《な》れ馴《な》れしく呼びかけるこの男はセドリック・オリオール。オリオール家は代々モンフォール家の護衛をしてきた騎士の家系だ。クロヴィスとは幼馴染《おさななじみ》だが、家柄のせいもあって従者をしている。

誰にでも、特に女性に優しいセドリックの周りにはいつも、砂糖に群《むら》がる蟻《あり》のように女子生徒が集まってくる。皆、セドリックの優しさが好きなのだ。

「さほど時間は取らせないだろう。話ぐらい聞いてやれ」

クロヴィスを挟んでセドリックとは反対側に立つ不愛想なこの男は、フレデリック・オリオール。セドリックの双子の弟で、こちらの方が背が高く、がっちりと筋肉質な体つきをしている。兄と同じく端整な顔立ちながら、感情表現も口数も少ない故に女子生徒はあまり近付かない。しかし、剣の腕が立つこともあり、意外にも人気は高い。

「時間が掛からないのであれば、こちらでよろしいのでは？　大勢の前で婚約破棄を突き付けられるのですから、たいていのことはどこででも話せるでしょう？」

「とりあえず部屋に来い。ここで言い合う時間がもったいない。それこそ無駄な時間だ」

どうしても学園内の自分の部屋へ呼びたいらしい。人を殴りたい衝動に駆られた時、皆はどうやって抑えているのか学んでおくべきだったと、リリーは自分の勉強不足を後悔した。

無意識に握り込んだ拳《こぶし》を感情のままに振り下ろしてもフレデリックに止められるのは目に見えているし、まだヒロインが出てきていないのに〝リリー・アルマリア・ブリエンヌは暴力的〟とイメージが変わってしまうのは困る。

だが、リリーは今日からは悪役令嬢なのだ。少しぐらいヒステリーな姿を見せてもいいような気もしていた。

「あなたはもう婚約者ではありませんので、わたくしが言うことを聞く義理はないのですわ。まあ、あなたがどうしてもとお願いするのであれば、聞いてあげないこともありませんけど。どうしてもと、お願い、するのであれば」

我ながら少し悪役令嬢っぽいことが言えたと震えそうになるのを堪《こら》え、リリーは一人感動を噛みしめる。これで間違いなく悪役令嬢としての第一歩は踏み出せたはずだ。

あのモンフォール家にこんな口を利《き》けるのは、人を敬うことを知らない悪役令嬢か命知らずの愚か者ぐらいだが、自分は婚約破棄された悪役令嬢なのだから問題ない、とリリーは満足げに頷く。

「リリーちゃん、なんか性格変わった？」

「猫をかぶっていただけだろ」

この脳みそ筋肉男フレデリック・オリオールの言葉選びを、リリーはあまり快く思っていない。レディへの物言いを知らない男は死罪という法律があれば今すぐギロチンにかけられたのにと、リリーは顔を背けて溜息をつく。

「王家に嫁《とつ》ぐに相応《ふさわ》しいレディとして振る舞っていただけですわ。でもそれももう必要なくなったことですし、これからはありのままの自分で生きようと思いましたの。これが本当のわたくしだと思っていただければよろしいですわ」

「……」

昨日の今日で話し方が変われば誰だって怪しむに決まっている。

フレデリックの言う『猫をかぶっていた』という発言は間違ってはいない。リリーの急変を怪訝《けげん》に思う気持ちもわかるが、これからはこうして生きると決めたのだから、軽蔑されようとどうだっていい。そんな小さなことを気にしていては悪役令嬢にはなれないのだ。

「話し方おかしいよね。リリーちゃんっぽくない」

「おかしくありませんわ！　わ、わたくしは元々、こういう喋《しゃべ》り方ですのよ！」

「子供の頃から知ってるけど、絶対違う」

「馬鹿っぽいぞ」

〝馬鹿っぽい〟。それはリリーが言われたくない言葉ベスト3に入るもの。リリーがどういった言葉を嫌うかわかっているくせにサラッと言ってしまうのがフレデリック・オリオールという男だ。

リリーの中で彼は〝無神経男〟と呼ばれている。

早く法整備をしてもらわなければ他の女性までこの男に傷つけられかねない。リリーはやることリストにフレデリックの断罪を追加した。

「とにかく来い」

「ですから、来てほしければ頭の一つでもお下げになってはいかが？　あなたがそこまでなさるなら、従ってあげてもよろしくてよ」

男のプライドは常に雲の上にあり、地面に立つ女に頭を下げるなど面子《メンツ》が立たない行為だ。それをわかっていて、どうしても来てほしいならその頭を下げろと、リリーはクロヴィスを挑発した。

腕組みをして顎《あご》を少し上げたリリーを、オリオール兄弟が困った顔で見る。

「……俺の部屋に来てく――」

「行きます！　行きますわ！　さあ行きましょう！」

迷いなく頭を下げようとするクロヴィス。それに耐えられなかったリリーは、とっさに彼の額を両手で支え、それ以上は下げられないようにした。

クロヴィス・ギー・モンフォールが女に頭を下げる様など見ていられない。孤高の王族モンフォール家の長男が公爵家の娘に頭を下げるなど、あってはならないことなのだから。

(ああっ、私の馬鹿！　弱虫！　根性なし！)

そもそもあの堅物がなぜこんなにも馬鹿正直に頭を下げようとしたのかわからないリリーは、何か企んでいるのではないかと不安になっていた。

「ハーブティー、好きだったよね？」

「本当は甘ったるいチョコレートドリンクが好きなんですの。ハーブティーなんて味のない飲み物を好む女性がいると、本当に思っているなら驚きですわ。チョコレートドリンクにしてくださる？」

「クロヴィスは女がキャッキャ言いながら貪《むさぼ》るチョコは好まない。知ってるだろ」

「わたくしは食べますの。毎日毎日飽きもせず何十個も、その女がキャッキャとはしゃぐものを貪《むさぼ》ってますのよ」

「でも、チョコレートはないからねぇ」

「じゃあ結構ですわ。昨日の今日で話したい大事なお話とやらを聞いたらすぐに帰りますので、さあどうぞお話しなさって」

本当はハーブティーはリリーの大好物である。モンフォール家の用意するハーブティーは特に香り高く、ほんのり甘くてリラックス効果抜群の高級品。この部屋に呼ばれる時はいつも、クロヴィスとの退屈な会話よりハーブティーを楽しみにしていたぐらいだ。

(悪役令嬢ってチョコレートドリンクが好きなのかしら？　令嬢だからハーブティーぐらい飲むわよね？　もらえば良かったかな)

セドリックの申し出を突っぱねたものの、まだ掴みきれていない悪役令嬢キャラのせいで大好物を逃したことをリリーは若干後悔した。

「俺は昨日、お前に婚約破棄を言い渡した」

「ええ、驚きましたわ。婚約破棄よりも、まさか他人への敬意の払い方も知らない方が王子だったなんて、と。あれではまるで見世物でしたものね。モンフォール家の跡取りであるクロヴィス・ギー・モンフォールに切り捨てられたわたくしは、父からそれはそれは酷《ひど》いお叱りを受けましたのよ。あなたの心変わりはあなたの浮気心のせいではなく、わたくしが至らなかったせいだと」

「そうか」

(そうか？　そうかって言った？)

肯定こそしていないが、否定なきは肯定も同然。これは男女の脳の違いによる認識の不一致ではなく、幼い頃より王となる存在であれと叩き込まれ、彼を見下す者も存在せず、常に彼の意見が正しいとされる世界で育ったせいだと、リリーはわかっていた。

そして、自分が抱えているこの感情が、爆発寸前の怒りであることも同時に確信する。

「だが悲しんではいないだろう」

「そのようなこと……。あと一年で結婚だと思っていたのに、突然婚約を破棄されて、驚きと悲しみで昨夜は眠れませんでしたわ」

実際はノートに悪役令嬢らしい台詞《せりふ》と行動を書き出していたせいで眠れなかっただけだが、リリーは涙の滲《にじ》まない目元を押さえ、バレバレの嘘泣きをして見せた。

「そのわりには肌艶《はだつや》が良く、充血も見られないが？」

「一晩眠れなかったぐらいで悲愴がるような、悲劇のヒロインじゃありませんのよ。オーッホッホッホッホ！」

初めての悪役令嬢っぽい笑い方に、使う場面が理想的ではなかろうかと、リリーはニヤつきそうになるのを堪《こら》える。

「俺が聞きたいのはただ一つ。お前はなぜあの時笑った？」

「あの時？」

「俺が婚約破棄を告げた時だ」

言われてようやく、自分が満面の笑みで婚約破棄を受け入れたことを思い出した。

リリーは、今回の婚約破棄を前々から予想していた。悪役令嬢ものの小説を読んでいたことも理由の一つではあるが、女の勘でもそれはじゅうぶんに感じ取れた。

転入生として現れた貧民街出身の娘が、いつの間にかクロヴィスの横に立つようになり、リリーが気付いた頃には二人は何かを疑いたくなるほど親しくなっていた。

愛らしい笑顔と小柄な背丈はたいていの男が守ってあげたいと思うだろうもので、〝彼女〟が現れてから、リリーはクロヴィスからお茶に誘われる機会が減り、〝彼女〟とお茶をしている彼の姿を見かけることの方が多くなった。

そして何より、この春に行われたパーティーでは、明らかにリリーより〝彼女〟と話している時間の方が多かった。

これらを経験していながら、自分は婚約者だからと胡坐《あぐら》をかき続けるほど、リリーは馬鹿な女ではない。そのため、近いうちに婚約は解消になるかもしれないと、覚悟していた。

故にリリーは、婚約を破棄してもらえれば悪役令嬢として理想的なスタートが切れるという、目論見《もくろみ》通りになった状況に、つい笑顔になってしまったのだ。

「俺達の婚約は親が決めたもので、俺達が愛し合って決まったことではない」

「そうですわね」

「それなら、なぜさっさと言い出さなかったんだ？」

「何をでしょう？」

「婚約解消をだ」

クロヴィスが何を言っているのかすぐには理解できなかったリリーは、ポカンと口を開けたまま数秒固まってしまった。

親が決めた王族との婚約にどうして自分が、公爵の娘が、解消など言い出せるのか。

クロヴィスはリリーの父親がどんな性格かをよく知っているはずなのに、それこそ〝なぜ〟リリーから婚約解消を言い出せると思ったのかが謎だった。

「笑うほど嬉しかったか？」

あの時と同じように笑顔で『はい！』とは言えない。

まさか愛読していた悪役令嬢本の展開と同じように、大勢の前で婚約破棄を突き付けられたのが嬉しかったなんて、言えるはずがなかった。

「そんなの……泣きたくなかったからですわ。父は泣いて縋《すが》りつけとわたくしに怒鳴りましたが、心変わりしたあなたをどうして引き留められますの？　皆の前で婚約破棄を言い渡すということは、それは嘘や冗談ではないということ。わたくしにできることは、みっともない姿を晒《さら》すことではなく、しっかり現実を受け止めて笑顔でいることだけだったのですわ」

嘘と本音が半分ずつ。

これが愛しい婚約者が相手であれば、数日間泣き続けていたかもしれない。しかし、リリーとクロヴィスの意思による婚約ではない以上、愛情が芽生えることはなかった。愛情がない関係に心変わりがあるのは当然のことだと、リリーは理解している。

「お前は――」

「そんなことより、今日はエステル様はいらっしゃいませんの？」

「……ああ、呼んでいないからな」

「そうですか」

貧民街出身のヒロインが姿を見せてくれれば、悪役令嬢への道をもう一段階ステップアップできるのに、どうして大事なこの場にいないのか。

クロヴィスに呼び出されたことも不満だが、それよりも、ヒロインが同席していないことの方がずっと不満だった。

（ヒロインはいつも主人公の傍にいなきゃ話が進まないのを知らないの？）

苛立ったリリーは、本当に最後まで現れないつもりかと、狭くはない室内を見回す。

「――クロヴィス様！」

「……エステル、なぜ来た。ここには来るなと言ってあっただろう」

「リリー様がご一緒だと伺って……その……」

（来た、来た来た来た来た！）

〝彼女〟登場。来るなと言われていたのにやってくる。それでこそヒロイン。

彼女――エステル・クレージュは、貧民街出身でありながら貧しさや卑《いや》しさを感じさせない。リリー達令嬢に混ざっても違和感のない制服の着こなしか、それとも化粧のおかげかはわからないが。

控えめな声で遠慮がちに話しかけ、体の大部分は部屋の外にあるのに顔はしっかりと中に入っていて、眉の下がった上目がちな視線。これぞまさにヒロインの行動だと、リリーは思わずガッツポーズしそうになった。

こういう展開がなければ綿密に立てた悪役令嬢計画がダメになってしまう。リリー的にはどんどん前に出てきてほしかった。

「あら、エステル様ではありませんか。ごきげんよう。ちょうどエステル様のお話をしていたところですわ」

「え、そうなんですか？　リリー様とクロヴィス様が揃って私の話だなんて、恐れ多いです」

話の内容までは言っていないのに良い話と解釈したようでパアッと表情を明るくする。そのままちゃっかり部屋の中に入ってくる辺り、なかなか図太い人物らしい。

「あなたが卑《いや》しい貧民だという話をしていましたの」

「え？」

「リリー」

（ここが、ここが私の悪役令嬢としての意地の悪さの見せどころよ。準備は万全。舞台は整い、役者は揃った。プランBからプランAへ移行する！）

相手もいないのに予習し続けた成果を見せる時だと、リリーは頭の中にある【悪役令嬢ノート】を開いてプランAに〝実行〟の判を押す。

「一緒に来てほしいと彼に頭を下げられて、渋々この部屋にやってきましたの。誰かから聞いたのか、それとも陰から盗み見ていたのかは知りませんけれど、わざわざ部屋まで来て顔を覗かせるなんてあざとい真似が、よくできますわね」

「あざ、とい？」

「わたくしを部屋に招いたことが心配だったのでしょう？　可能性は低いけれど、婚約破棄を撤回するかもしれない。もしくはわたくしが泣いて縋《すが》りつき、彼が考え直すかもしれない。そうなったら必死に奔走《ほんそう》して取り入った自分の立場がなくなってしまいますものね。ふふふっ」

どんなことがあろうと王子に失望されるような人間にはなるなと教育されてきたが、悪役令嬢になれる楽しさを考えると、そんな教育はもうどうだっていい。ただ、扇子《せんす》を用意していないことだけが悔やまれた。発注はしたがまだ届いていないのだ。

「わ、私、そんな心配は……」

両手を握りしめて小さく震える姿は、悪役令嬢にイジメられるヒロインそのもの。こんな場面を父親に見られでもしたら勘当ものだが、今更やめようなどと思うはずもない。

ずっと憧れていた存在に自分が今なろうとしているこの高揚感を手放すことはできない。性格が悪い、猫かぶり、性根が腐っているなどと言われようと、進み始めた足を止めるつもりはなかった。

「クロヴィス様……」

いつの間にかしれっとクロヴィスの隣に腰かけたエステルが、クロヴィスの袖を摘《つ》まみ、今にも泣き出しそうな顔で助けを求める。そんな、リリーが何度も小説で読んだようなシーンがそこに再現された。

「リリー、侮辱はやめろ」

エステルの前に腕を出し、庇《かば》うようなポーズでリリーを止めるクロヴィス。

これがヒロインであればクロヴィスの反応に傷付き涙を滲《にじ》ませて部屋を飛び出すのだろうが、それはあくまでもヒロインの行動であって、悪役令嬢はそんな行動には出ない。

リリーにいたっては泣くどころかむしろ、悪役令嬢ポジションに立てたことへの興奮で、呼吸が乱れそうになっていた。

「男性に取り入るのがお上手ですのね。よろしければわたくしにもやり方を伝授していただけませんこと？　ああ、できませんわね。天性の才能ですもの」

「酷《ひど》い……ッ」

クロヴィスの胸に顔を寄せ、肩を震わせて泣き出したエステルの小さな背中に、長い腕が回る。

ヒロインたるもの、いつ何時も涙を忘れてはならない。その点、リリーは婚約破棄の時に涙どころか笑顔を見せてしまったため、自分は最初からヒロインには向いていなかったのだ。エステルの様子に大いに納得した。

「王子、話は以上ですか？」

「……ああ」

「では、わたくしはこれで失礼いたしますわ」

悪役令嬢は去り際にも余裕を持つこと。感情を乱さず、泣くヒロインの傍を華麗に去る。

それが、理想の悪役令嬢。

「フレデリック、送ってやれ」

「結構ですわ。ブリエンヌ家とモンフォール家はもうなんの関係もありませんもの。あなたとわたくしも今日から、いえ、昨日からすでに赤の他人。ですので今後、もしわたくしの姿を見かけても、話しかけてくださらなくて結構ですわ。浮気男と話すことなど何もありませんし、顔も見たくありませんから」

「リリー」

「さようなら」

リリーは、自分でも驚くほどクロヴィスに未練がなかったことに、少し申し訳なさを感じていた。親が決めた婚約なのだから愛情などなくても仕方ないが、ここまで相手を想う気持ちがないとは思っていなかった。ほんの少しは胸が痛くなったりするかと思っていたのに、エステルがクロヴィスに抱きついた時でさえ、何も感じなかったのだ。

思ったのはただ一つ。〝エステルは素晴らしいヒロイン気質の持ち主だ〟ということだけ。

リリーは今日、悪役令嬢の素晴らしさを身をもって知った。

こんなにスッキリとした別れが訪れるなんて思ってもいなかった。

婚約解消されただけのブリエンヌ公爵家長女リリー・アルマリア・ブリエンヌだったら、あんなことは絶対に言えない。ちゃんとクロヴィスの話を聞いて、彼を理解しようとしたはず。

それがあんな無礼な言葉を臆《おく》することなく言えたのだから、役になりきることの凄《すご》さを痛感していた。

（抱きしめてた）

スッと当たり前のように、守るように回された腕。自分が彼に抱きしめられたのはいつだったか、そもそも抱きしめられたことが一度でもあっただろうか。思い出そうとしても出てこない。

（ま、クロヴィスも私と同じだったってことよね）

好き合っていなかったのだから浮気もわかる。公爵令嬢から乗り換える相手としてはエステルの身分は最悪だが、それももう自分には関係ないことだ。

「疲れたぁ……」

「また靴を脱ぎっぱなしにして。制服も、脱いでたたんでからベッドに上がってください」

「少し休んでるだけ。今日はまだすることがあるの」

「せめて制服を脱いでからにしてください」

悪役令嬢が、ただ高笑いをするだけのキャラクターではない理由が、なんとなくわかった。

今日、ああした態度を取ったことへの後悔は微塵《みじん》もないが、それでも、心配で顔を覗かせたエステルを一方的に傷付ける必要はなかったような気もしていた。あの唐突すぎる侮辱は、凛《りん》とした悪役令嬢の行いではなく、ただのいじめっ子だったかもしれない。

悪役令嬢にも色々な性格の持ち主がいるように、リリーも自分がなりたい姿をハッキリ描かなければならない。今後の課題が見つかった以上、今日もまた机に向かって夜更かしすることが決まった。

「アネット、私とクロヴィスって何か婚約者らしいことはしてた？」

「いいえ、何も。いつも退屈そうにお茶をしてましたね。お嬢様は本を読み、王子は政治の話をし、次の逢瀬《おうせ》の時間を決められて別れる。愛の冷めた夫婦のようでしたよ」

「そうよね……」

愛情など欠片《かけら》もないのだから、それに不満を感じたことはなかった。もしひと欠片《かけら》でも愛情があったなら、自分を見てくれないクロヴィスに怒ってリリーから婚約解消を口にしたかもしれない。怒りさえ込み上げなかったのは、冷める愛もなかったからで……

思えば、エステルのようにクロヴィスに抱きしめられたり甘えたりということは一度もなかった。だから、自分と比べてクロヴィスの体温が高いのか低いのか、手は大きいのか小さいのか、抱きしめる腕の力は強いのか弱いのか、リリーはそんなことさえ知らなかったし、知ろうともしなかった。

父親が言う〝足りない努力〟とはそれだったのかもしれないと、今になって気付く。しかし、気付いたところで次の機会は存在しない。もう婚約者という関係は終わったのだ。

「ところで、旦那様が次の婚約者探しに奔走《ほんそう》しておられるのはご存知ですか？」

「嘘でしょ？　早すぎるわ！」

「悪役令嬢ごっこを満喫している時間はないかもしれませんね」

「嫌よ！　始まったばかりなのにまた相手に合わせるなんて、そんなの嫌！」

しかし、リリーの父親の性格上、娘の待ったなど聞いてくれるはずもなく、翌朝には目の前に座る父の姿が見えないほど高く、数えるのも嫌になる量の見合い写真が積み上げられた。

「どれがいい？　お前が好きなのを選ばせてやろう」

「ショッピングではありませんのよ」

「今度は面倒がないよう、次男を選んだぞ。顔良し家良し、まあ性格に難がある男もいるが、そこはお前と同じ。お前が上手くやればいいだけの話だ。今度こそ、な」

「そんなところに娘を嫁《とつ》がせるなんて、不安じゃありませんの？」

「お前が王子に婚約破棄を言わせたせいだ。反論ではなく反省をしろ」

「わたくしのせいではありませんわ！」

「その馬鹿みたいな喋《しゃべ》り方をやめろ！」

フレデリックに続き、二度目の〝馬鹿〟。これは悪役令嬢の基本の喋《しゃべ》り方であって、馬鹿な子のように喋《しゃべ》っているわけでは決してないのに、女心がわからない男は口を揃えて『馬鹿』と言う。

言葉は人が持てる中で最大の武器だと言われているのを知らないのかと噛みつきたい苛立ちを、リリーは笑顔を貼りつけることで堪《こら》えた。

「わたくしはこれからこの喋《しゃべ》り方で生きていくと決めましたの！」

「馬鹿を言うな！　お前は父親に恥をかかせたいのか！」

「娘を恥だと思うのですか？」

「そんな馬鹿みたいな話し方をする娘を恥だと思わん親はおらん！」

これがなければただの嫌味な人間になってしまうのだが、こうするに至った経緯を話しても、理解してもらえなければ意味がない。その理解力が自分の父親にあるとは思えず、リリーは説明を諦めて顔をしかめるしかなかった。

「おはようございます、リリー様」

「おはようございます」

登校前に父親とやり合ったおかげで、既に疲労困憊《こんぱい》のリリー。

こんな日は学校になど行かず、部屋に閉じこもって悪役令嬢が活躍する小説を読み耽《ふけ》りたい。しかしそんなことをしているのがもし父親にバレでもしたらと思うと、考えただけで恐ろしい。そのため笑顔を貼りつけて登校したわけだが……

「リリー」

「……冗談でしょ……」

昨日のことが夢でなければ、昨日リリーは間違いなくクロヴィスにハッキリと伝えたはず。もし姿を見かけても声をかけるな、顔も見たくないと。

それに、ずっと言ってみたかった台詞《せりふ》を言えた感動に身体が震えたあの感覚が夢であるはずがないと、リリーは首を大きく横に振る。

「リリー、話を――」

「王子、わたくしのことはこれからブリエンヌ嬢とお呼びくださいませ」

「なぜだ？」

「わたくしとあなたが他人だからですわ」

「婚約者ではなくなったが、幼馴染《おさななじみ》だろう」

「幼馴染《おさななじみ》は他人ですのよ」

「リリー、昨日の話の続きを――」

「結構ですわ！」

昨日話をしたという出来事は覚えていても、その内容は忘れているらしい。多忙な毎日だからクロヴィスも疲れているんだわと理解を示し、リリーは足早にその場を後にした。

正直に言うと、悪役令嬢としては王子という存在はどうだっていい。リリーが読んだ小説の中には叶わぬ恋に身を焦がしてヒロインをイジメる悪役令嬢もいたが、リリーは叶わぬ恋をしたのではなく婚約破棄をされただけ。

対王子用のプランを練っていないため、相手にしたくないというのがリリーの本音だった。何より、今まで微塵《みじん》も感じなかった〝疲れる〟という感覚に支配されている今、できればクロヴィスとは話をしたくなかった。

「皆さん、おはようございます」

教室に入ると、リリーはいつもと雰囲気が違うことに気が付いた。いつもなら返しきれないほどの挨拶の声がかけられたのに、今はパラパラとしか聞こえてこない。それらの声はどれも小さく、誰一人リリーに寄ってこない上、向けられる視線が変だった。

怪訝《けげん》に思ったリリーが室内を見渡すと、何事かと聞くまでもなく、原因はそこにいた。

「リリー様！　昨日は大変失礼いたしました！　クロヴィス様と大切なお話をなさっていたのにお部屋を訪ねて、私なんかに中断されてしまったことでご気分を悪くされましたよね」

「いえ、いいんですのよ」

「皆さんが親切にしてくださることに甘えすぎていたんだって気付きました。私、親切を受け取っていただけで、取り入ったつもりなんて全然なくて。あざといつもりもなかったんですが、リリー様にはそう見えていたのですね。これからは気を付けます」

小説の中でよく見る〝息を呑む〟という行動を、リリーは初めて自分で経験した。

リリーが来るまで、エステルはきっと昨日のことを歪曲《わいきょく》してクラス中に言いふらしていたのだろう。

大きな瞳を必要以上に潤《うる》ませて口元を手で覆《おお》い、震える。

昨日も今日もそんなに震えて筋肉痛にならないのかとどうでもいい疑問がリリーの頭をよぎるが、さすがにここでそんな無神経なことを聞くわけにはいかない。

「私は確かに貧民街の出で卑《いや》しい身分かもしれません。でも、貧民街出身の人間が全て卑《いや》しいような言い方はなさらないでください」

今は関係のない話をあえてここで暴露するとは、なんとも賢いヒロイン。

自分を犠牲にしたような言い方で好感度を上げ、全員の前でリリーの言動を晒《さら》すことでその評判を落とすという、なんとも隙のない作戦。

(皆の前で堂々とやるって凄《すご》い。あざといつもりがないって言ったそばからあざといんだから凄《すご》いわ)

しかし、これでエステルがしてやったりと思っているのであればそれは大間違いだと、リリーは笑顔を見せる。リリーにとって今の状況はご褒美であって、窮地にはなりえない。

こうして立っているだけで勝手にリリーの評判を落とし、悪役令嬢への道を歩ませてくれるのだから感謝したいくらいだ。

「傷付けてしまったのなら謝ります。ですが、部屋に来るなという王子の命令を無視して部屋を訪ねるのは感心しませんわね。わたくしとクロヴィス様が二人きりになるのを心配してのことでしょうけど、婚約者でも恋人でもないあなたが間に入っていいことではありませんのよ」

「え、ええ、ですから謝罪を……」

「それから、王子が入っていいと許可を出していないのに中へ入って居座るのも、どうかと思いますわ」

「も、申し訳ございません……！」

「あのような常識外れな振る舞いをなさる方は初めて見たものですから、貧民などと度を過ぎた言い方をしてしまいましたの。そのことについては謝りますわ」

周りの生徒が放つ異様な雰囲気に、リリーは顔を動かさないよう視線だけを周囲の生徒に向けた。男子生徒達が怒りを滲《にじ》ませてリリーを睨んでいるのは勘違いではない。それだけ、リリーよりもエステルの人気が高いということだ。

（きっとこうして私は皆から軽蔑の目を向けられ、これからは一人ぼっちで過ごすことになるのね。すれ違い様に何か言われたり、陰口を叩かれたり、実は最低な女だったとあることないこと噂を流されて、それでも己《おの》が道を行く。そんなストーリーが浮かんでくるわ！　ああ、楽しみで仕方ない！）

期待でニヤつきそうになる口元を、リリーは届いたばかりの扇子《せんす》を広げて隠す。

「そろそろ授業が始まりますので席に――」

「リリー様はそのようなお方ではありません！」

「え……？」

まずは上々の出来、とエステルを解放しようとしたところで、ふいに女子生徒に遮《さえぎ》られ、思わずリリーの口から間の抜けた声が漏れた。

「そうです！　もしリリー様がそのようなことをおっしゃられたのだとしたら、それはエステルさんがそれだけ非常識なことをしたからです！　この学園では紳士淑女としてのマナーを学ぶ授業があります。この学園にいる以上はそれに基づいて行動すべきです。にもかかわらずそれを学ばず、無礼な行いをしたエステルさんに問題があると思います」

誰かが庇《かば》ってくれる展開なんて想像もしていなかった。皆に見放されて一人ぼっちになりながらも悪役令嬢として強く生きていく……つもりが、これはリリーの台本にはなかったことだ。

何か策はないか？　もっと侮辱の言葉を、と思っても、焦りで回らない頭では「貧民」というワードしか出てこない。それではあまりにも語彙力《ごいりょく》に欠け、エステルだけでなく、エステルと同じような境遇の人間をも侮辱することになってしまう。

リリーが悪役令嬢として接する相手は婚約者を奪ったヒロイン――すなわちエステルただ一人。無関係の者まで攻撃するつもりはない。

「庇《かば》ってくださってありがとうございます。でもいいのです。私がそう言ったことは確かですし、庇《かば》っていただくようなことは何も――」

「腹が立てば誰だって普段言わないことも言ってしまうものです。リリー様がお優しい方であることは皆が知っています。私達はリリー様の味方ですから！」

「あ、ありがとう、ござい、ます……？」

（なぜこうなってしまうの？　ここは全員が私をひそひそとけなしながら散っていく場面なのでは？）

あんな嫌味な言い方をした人間になぜ味方が出てきてしまうのか、リリーには全く理解できなかった。


「リリー様、ランチご一緒しませんか？」

「あ、今日はバラ園で人とお茶をする予定なのでごめんなさい」

「そうですか。ではまた午後に」

「ええ」

午前の授業は全く頭に入ってこなかった。

リリーの予定では『差別する人だとは思わなかった』、『あんなに良い子のエステルちゃんに優しくできないなんて心の狭い女だ』、『公爵令嬢だからって言いたい放題ね』とかなんとか、ひそひそと言われるはずだった。それが少しも上手く進んでいない現実に一瞬心が挫《くじ》けそうになったものの、男子生徒の目は予想通り冷たくなったので、これはこれで成功したと言えるのかもしれないと前向きに考えることにする。

予想外だったのは女子生徒の中に元々エステルを快く思っていない者が多かったということ。リリーから離れていかなかった生徒は思った以上に多かった。

「まだまだ悪役令嬢と名乗れる日は遠そうね……」

「――キャアッ！」

「キャッ！」

ランチを食べながら今後の行動を考えようと、構内にあるバラ園の入り口に着いた時、リリーはドンッと何かにぶつかり、続けて悲鳴のような声と何かが地面に落ちる音を聞いた。

リリーも思わず一緒に悲鳴を上げ、ぶつかった相手に顔を向ける。

「……あら、エステル様」

「リリー様……」

「だいじょう――」

「きゃあぁぁあああ！　ごめんなさいリリー様！　申し訳ございません！」

「え？」

お互いそこまで強くぶつかっていないはずなのに一人尻餅《しりもち》をついているエステルが、急に騒ぎ出した。

バラ園は多くの生徒がランチタイムに利用する人気の場所。今の時間帯は、従者を引き連れた令嬢令息達が優雅に歩いている。

エステルの喚《わめ》く声は、自分の自慢話と他人の噂話にしか興味がない彼らの足を止めるにはじゅうぶんで、リリーとエステルの周囲にはすぐになんだなんだと人が集まり始めた。

「ぶ、ぶたないでください！　お許しください！」

「え？　ぶつ？」

「申し訳ございません！　クッキーを焼いたのでクロヴィス様にお届けしようとしていただけなんです！」

エステルがどこへ何をしに行こうとしていたかはどうでもいいし聞いてもいない。

リリーがエステルへ手を伸ばしたのはぶつつもりではなく助け起こそうとしたからなのだが、エステルの大袈裟な演技により、人によってはリリーが彼女を叩こうとしているように見えただろう。

「私がクロヴィス様にクッキーをお届けするのが気に入らないのですね……」

「え、いえ……あ」

もしかして、エステルは自分の企《たくら》みを知っていて協力してくれているのではないか、とリリーが勘繰《かんぐ》ってしまうほど上手く状況を運んでくれる。ならばこれを利用しない手はない。これは自分に与えられた、またとない機会。

これはヒロイン自ら運んできてくれた、悪役令嬢への更なるステップアップのチャンス。拾わないわけにはいかないと、咳払いをしてから顎《あご》を少し上げ、見下す表情を作った。

リリーの足元には、内容が一目でわかる透明の袋にピンクのリボンでラッピングされた、見るからに手作りのハート型クッキー。

手作りという時間と手間のかかる作業をしたことは女として見習うべきところであり、その努力は称《たた》えられるところでもある。

しかし、リリーとしては今はそのどちらでもなく、その手間と努力を踏み潰すべき時なのだ。

まるでゴミでも拾うように親指と人差し指で袋を摘《つ》まみ上げ、それを嫌そうな表情で見やる。

「ええ、気に入りませんわね。彼とはまだ歩き始める前からの付き合いで、わたくしは彼の全てを知っていると言っても過言ではありませんの。彼はチョコやクッキーは好みませんのに、それを差し入れるだなんて……ふふっ、何もご存知ないのね。この際だから教えてさしあげますわ。貧民街ではこんなあざとさ丸出しのハートの手作りクッキーを渡すだけで男をゲットできたのかもしれませんけど、残念ながら貴族は手作りなんて不気味な物は、受け取らないんですのよ」

〝持てる者は与え、一切の差別をしてはならない〟という学園の教育のモットーを破る発言も忘れない。

これは我ながら悪い女を演じられた、褒められるレベルだと、リリーは自分の演技力を心の中で称賛した。

「どうしてそんな酷《ひど》いことが言えるのですか！　私はただ、お疲れのクロヴィス様に少しでも癒《いや》しをと思って……」

「よくもまあそんな押しつけがましいことが言えますわね。彼の立場を考えれば、邪魔をしないことが一番に決まっていますわ。あなた一人が子供のように浮かれている間にも、彼は休む間もなく仕事をしているのです。そんな中『あなたのためを思ってハートのクッキーを作ったんです。どうぞ食べてください！』なんて馬鹿な犬のように尻尾を振る女の相手をしなければならないことがどれほど負担になるか。そんなこともわからない女がくっついて回るなんて、彼には同情しますわ」

実際、リリーはクロヴィスが休んでいる姿をほとんど見たことがない。いつも何かの書類に目を通していた。そんな彼でも、リリーとのお茶の時間だけは書類に触らず話をしてくれる。それでも話題は結局は自分が関わる政治の話だったわけだが。

しかしリリーは婚約者として、政治に参加はできずとも把握しておくぐらいは当然のことと思って話を遮《さえぎ》ることはしなかったし、邪魔になるような行動もとらないようにしていた。

クロヴィスの肩にかかっている重圧がどれほど大きいものかも知らず、軽々しくクッキーの差し入れに行こうというエステルの行為は、婚約者でなくなったリリーにはもはやなんの関係もない。

にもかかわらず、その軽率さを少し咎《とが》めたくなったのは、厚意ではなく事情を知っている者としての気遣いからだ。

「リリー様がそんな酷《ひど》い方とは知りませんでした！　そんなだからクロヴィス様に愛想を尽かされるんです！　クロヴィス様、言ってましたよ！　あいつは笑わないから可愛げがない、女は可愛げがなければ終わりだと！」

（ああ、だから……）

エステルの言葉でクロヴィスの謎の発言の意図がわかった。

「確かにリリー様はクロヴィス様のことをよくご存知かと思いますが、もう婚約者じゃないんですよね？　なのにこうして私を責めるのは、今も未練があるからですか？　だから私にこんな酷《ひど》いことを言っ――キャッ！」

パンッと乾いた音が響くと共に、立ち上がりかけていたエステルの顔がそっぽを向く。突如現れた柔らかなそうなピンク髪がリリーの目の前で揺れた。

「口を慎《つつし》みなさい、貧民」

「リアーヌ様!?」

叩きつけるような口調でリリーとエステルの間に入ったのは、リアーヌ・ブロワ侯爵令嬢だ。

気位が高いことで有名なご令嬢。物怖《ものお》じせず、周りの目も気にしないリアーヌは、リリーよりもずっと悪役令嬢に相応《ふさわ》しい性格で、吊り上がった目は睨まれただけで背筋まで凍り付きそうなほど冷たく、彼女に逆らう者はほとんどいないと聞く。

そんなリアーヌ嬢がまさかエステルにビンタをぶちかますなど、誰も予想できなかっただろう。

「私達貴族がなぜ手作りの物を食べないかわかる？　どこで何を触ったかわからない手で作るからよ。何が入っているかもわからない物を口にするわけないでしょう。だから私達には信頼できるシェフが専属でついているの」

「怪しい物など入れてません！　いつも手はキレイに洗っています」

「自分の顔が映るまで磨いた道具をお使い？　学園の備品だとしても、あなたと私達の衛生管理の基準が同じとは思えないわね」

しまった。ここは貴族の集《つど》う場所。物の考え方に関してはほとんどの生徒がリアーヌに賛同し、エステルの叫びなど受け入れられない最悪の状況になりつつある。

周囲の女子生徒達は声を潜めて隣の生徒と話し、エステルに冷たい視線を向けている。男子生徒すら、リアーヌの言葉に腕を組んで頷いていた。

この状況ではリリーが上手く立ち回らなければ、たぶん事態は——

「何事だ」

悪化する——

「クロヴィス様！」

「キャアッ！」

ヒロインが誰かを突き飛ばして王子に駆け寄るなどという場面は、今まで読んできた悪役令嬢本どころか恋愛小説でも見たことがない。

ヒロイン候補であるエステルはリリーが思うよりもずっと図太い神経の持ち主らしく、突き飛ばされたリアーヌをリリーが王子のように受け止めるという異例の状況が出来上がっていた。

「リリー様が私を突き飛ばしてクッキーを踏みつけたんです！」

その言葉に目をやると、いつの間にかリリーの手からクッキーの袋がなくなっている。それどころか、リリーとクロヴィスの間で粉々に砕けていた。

クロヴィスの胸に顔を寄せたエステルに素晴らしいまでに歪曲《わいきょく》された話は、その状況を見ていなかった人々を信じさせるにはじゅうぶんだろう。

「クッキー？」

「クロヴィス様にクッキーの差し入れをしようと思って、一生懸命作ったんです。それなのにリリー様は私がクロヴィス様にクッキーを差し入れすることが気に入らないみたいで、突き飛ばされて……」

「あなたさっき自分で踏み――」

エステルを遮《さえぎ》ろうとするリアーヌをとっさに止める。

エステルを悪者にすることだけは避けなければならない。放っておけば簡単に立場を逆転されてしまいそうで、そうなればリリーの人生設計が水の泡となってしまう。それだけはなんとしても避けたかった。リリーは自分が悪役を演じることでエステルをヒロインに仕立て上げたいのに、リアーヌが邪魔をしようとする。

「リリー様！」

「いいんです。リアーヌ様が庇《かば》ってくださっただけでじゅうぶんですから」

「でもあれは――」

「ありがとうございます。さ、ランチの時間が終わってしまいますわ。行きましょう」

庇《かば》われるのはヒロインの役目であって、悪役令嬢の役目ではない。

リリーの誤算は、周りの目が全てエステルに注がれているにもかかわらず、誰も彼女を庇《かば》おうとはせず呆れた目を向けていたこと。

教室にはあれだけエステルの味方がいたのに、この場にエステルのファンはいなかった。

バラ園は学園内に作られたスペースで、誰もが平等に使えることになっている。が、暗黙のルールで高位の貴族しか訪れない。だからエステルに近しい下位貴族の姿はなく、貧民街出身のエステルを庇《かば》おうとする者がいなかったのだ。

「リリー、本当か？」

「ええ、本当ですわ。手作りクッキーなどという蛮族《ばんぞく》が好みそうな物を差し入れようとしていたので、注意していたところです」

「だから突き飛ばしたと？」

「突き飛ばしただなんて人聞きの悪い。ヒールも買えない貧民が小さくて見えなかっただけですわ。そこら辺の太い木の枝でヒールでも作られてはいかが？　きっとお似合いだと思いますわよ」

クロヴィスの登場で野次馬のように集まっていた生徒達が去り、自身の評判を落とそうにも落とせない状況になった今、無駄に悪役令嬢ぶる必要はない。しかしせっかくだからと、リリーは木を指差しながらヒールを鳴らしてみせる。

「そもそもなぜあなたのような貧民がバラ園を通り道に？　あなたにはバラ園より排水溝の方がお似合いですのに」

「酷《ひど》い……」

「さすがにその言い方はないよ」

「言いすぎだぞ」

「護衛はお黙り」

オリオール兄弟に口を挟まれると、せっかくの表情が崩れそうになる。

どちらも幼い頃から一緒に育ち、全てを知られていると言っても過言ではない相手だ。庭を走り回る時も屋敷の中を走り回る時も、そうして怒られる時も一緒だった。

そんな二人にどこまでリリーの演技が通じるかはわからないが、酷《ひど》いと言うのであれば信じているということ。

これはイケる、とリリーは拳《こぶし》を握った。

「リリー、この学園の方針を忘れたのか？」

「あら、王子ともあろう方が貧民を庇《かば》われるなんて、相当お気に入りなのですね」

「差別はするな」

「婚約者でもないのにわたくしに命令しないでくださる？　不愉快ですわ」

「リリー」

わざとらしく大きな溜息を吐いて顔を背けると、地面の上で粉々になったクッキーが目に入る。

リリーがゴミのように拾い上げた時にはまだ綺麗なハートの形を保っていたのに、本当にいつの間にこうなったのか……。もしリアーヌの言う通り、エステルが踏みつけて一瞬で自分の舞台を作り上げたのだとしたら、その判断力は侮《あなど》れない。

「わたくしにお説教などしてないで、エステル様を慰《なぐさ》めてあげてはいかが？」

「リリー待て。話があると言っ――」

「クロヴィス様！　行かないでください！」

リリーを追いかけようと踏み出したクロヴィスに、エステルがしがみつく。それで身動きがとれなくなったようで、リリーはその場を逃れることができた。

「上手くいかないものね」

予想では、今日のリリーは婚約破棄された可哀相な女扱いをされた後、婚約者を奪ったエステルに嫌味と高笑いをぶつけて悪役令嬢ポジションを勝ち取るはずだったのだ。それなのに、なぜか教室でもバラ園でもリリーを庇《かば》う者が現れる。

お気に入りの台詞《せりふ》を抜粋してエステルに使うこともできたというのに、いまいち悪役令嬢らしくないのはなぜか……

「――やっぱり何かあったんだ？」

「キャアァァアアッ！」

耳にかかった生暖かい吐息にリリーが思わず悲鳴を上げると、即座に口を塞《ふさ》がれる。

「声がデカい。手は離すが大声は出すな」

「ンンンンンッ？」

フレデリックの言葉にリリーが頷くと、ゆっくり解放された。振り返ると、無表情のフレデリックと最初に声をかけてきたセドリックが並んで立っている。

「な、なんのつもりですの!?」

「そりゃこっちの台詞《せりふ》だ」

「は？」

「態度があからさまに変わりすぎて怪しい」

それもそのはず。

リリーは悪役令嬢として生きることを決めたから、今までのように淑女を気取る必要などない。だが、それで怪しまれていつまでも付きまとわれるのは不本意この上ない。

護衛である二人が護衛対象の傍を離れたということは、この行動はクロヴィスの命令だろう。

（なんで今更？）

リリーは不愉快そうな表情で二人を見る。

「そりゃクロヴィスに婚約破棄されちゃ頭がおかしくなるのも無理はないが、お前はそうじゃねぇだろ」

リリーはおかしくなったのではなく、楽しんでいるだけだ。

「これまで差別は世界中からなくさなきゃって言ってたのに、急に彼女を貧民呼ばわりするなんてどうしたんだい？」

できれば答えたくない。二人の問いはきっとクロヴィスが聞き出そうとしていることだから。

今ここで答えれば全て彼に筒抜けになってしまうだろう。彼がどういう行動に出るか予想もつかない今の状態では、下手をすると全てが台無しになってしまう可能性もある。それだけはなんとしても避けなければならなかった。

「わざわざ人の口を塞《ふさ》ぐという無礼な行いをした後に出てくる問いかけがそんなくだらないことですの？　本当に呆れますわ」

「それはお前の本音じゃねぇだろ」

「わたくしの何を知っていると言いますの？」

「大体全部」

　返す言葉が見つからない。もっと子供の頃から悪役令嬢本が流行《はや》っていたら早くに手を打てたかもしれないのに。加えて婚約者がクロヴィスとあってはリリーは品行方正に生きるしかなく、今更この二人を欺《あざむ》くには苦しいものがあった。

「知ったような口を利《き》くのはやめてくださる？」

「お前もその喋《しゃべ》り方をやめたらどうだ？」

「お黙り！　わたくしの話をお聞きなさい！」

　思わず取り乱してしまった自分のみっともなさにゴホンと咳払いをするが、今の勢いと言い方は悪役令嬢っぽい気がすると少し嬉しくなった。

「確かに、わたくしは婚約破棄でおかしくなったわけではありませんし、正直に言えば、ショックすら受けてはいませんの」

「だよな」

「相槌《あいづち》はいりませんわ。いちいち腹が立つ言葉しか発しないその口を摘《つ》まんで黙っていなさい」

　話が進まない。

「婚約破棄されることはなんとなく感じ取っていました。エステル様が現れてから、彼の興味は明らかに彼女に向いていましたもの。わたくしが彼に興味を持っていなかったように、彼もわたくしに興味を持っていませんでしたし、この婚約は親同士が勝手に決めたもの。最初から覚悟さえできていれば、ショックを受けることはありませんわ。そうでしょう？」

「その話し方やめろ。ムカつく」

「その言葉、そのままお返ししますわ」

「フレデリックじゃないけど本当に似合ってないよ」

言葉遣いを指摘され続け、容姿を貶《けな》されるよりずっと心が傷付いた。今すぐベッドにダイブして枕に顔を押し付けながら罵詈雑言《ばりぞうごん》を吐き出したい気分だが、ここは大人の対応で笑顔を保つ。

「で、公爵令嬢の口を押さえるという無礼極まりない死刑も同然の罪を犯してまで、何用ですの？」

「クロヴィスがお前の様子を見てこいと」

「婚約破棄した相手になぜ付きまといますの？　ストーカーに成り果てたいのかしら？」

「気になるんだろうねぇ、君が」

「お二人ともお忘れのようですから教えてさしあげますけど、婚約を破棄したのは彼ですのよ。なのに何が気になると？」

ショックを受けてはいないものの、屈辱は屈辱。無責任に恥をかかせておいて、今更なぜ付きまとうのか、リリーは理解できなかった。

「その割には嬉しそうだったよね？」

「恥かかされたのに笑うってマゾか？」

「フレデリックは口を縫い付けないとわからないようですわね？」

この男は脳みそまで筋肉でできているせいで、デリカシーというものを身につけることはできないらしい。

「泣かないように必死だっただけですわ」

「辱《はずかし》められて喜んでた、の間違いじゃないのか？　お前、そういうとこあるだろ」

人差し指で人の顎《あご》を持ち上げることがどれほど無礼なことか、フレデリックは学ばなかったらしい。

「馴《な》れ馴《な》れしいのですけれど？」

「俺とお前の仲だろ」

「どういう仲ですの？」

「一カ月、ベッドを共にした仲」

「ああ、あなたの脆弱《ぜいじゃく》な家が地震に耐えられず崩落した時、わたくしの父が無用な情けをかけたせいでわたくしの屋敷に居候《いそうろう》した五歳の頃の話ですわね？　それで今も親しいつもりなのでしたらとんだマヌケ野郎ですわよ」

「事実だろ。お前のことはクロヴィスよりもよく知ってる」

胃の痛みから、リリーは自分が急激なストレスを感じていることを自覚した。

フレデリック・オリオールがこんなにも口達者だと知れば、この男に憧れを持っている女子生徒も遠のくはず。一体どこの誰が〝寡黙《かもく》で不愛想だけどそこがクールで素敵〟などと言ったのか。それを信じている者達にこの男の正体をバラしてやりたい。

「わざわざお捜しくださったことには渋々ながら感謝してあげますが、どうぞお帰りくださいませ。そして早急に彼にお伝えください。しつこい男は嫌いだと」

「このストーカー野郎ッ！　って言わなくていいのか？」

「それでもいいですわ。事実ですし」

「おーこわっ。一昨日《おととい》までは婚約者だった相手だろ」

「女心と秋の空。そういうことです」

そう言うとリリーはニッコリ笑って二人の来た道を示し、帰るように促す。が、二人は動かない。

「……ちょっと」

「ねえ、ここでのことはクロヴィスには言わないから、正直に話してくれないかな？　僕達も気になって仕方ないんだ。君の変化が婚約破棄のせいだと思うと、心配で夜も眠れないよ」

「その割にはお肌の艶《つや》が良いようですけど」

「そりゃあんだけ女喰いまくってりゃあな。寝る暇もなく女の相手してるんだろ」

「下品な言い方はやめようか、フレデリック」

不潔、と言いたいところだが、憎たらしいことに、立っているだけでも女性が群《むら》がってくる二人だ。食い散らかされても、泣くどころか、それこそ本望と言う女性ばかりだろう。

特にセドリック・オリオールは風紀の乱れの元凶だと、リリーは考えていた。

「猿のようにお盛んな方が王子の護衛とは、感心しますわ」

「君の心配だってちゃんとしてるよ」

「わたくしの心配より性病にかかる心配でもした方がよろしくてよ」

リリーの言葉に背中を向けて噴き出すのを堪《こら》えたフレデリックが、しかし堪《こら》えきれずに肩を揺らして笑っている。その隣で苦笑いを浮かべて言葉を返さないセドリックに、リリーは子供の頃から何も変わっていないと大きな溜息をついた。

「あなた方にお話しするようなことは何もありませんわ。これ以上無駄な時間を取られるのは不愉快です」

「お前のその喋《しゃべ》り方の方が不愉快だっての」

「だったら話さなければよろしいんじゃなくて？」

「心配してるんだよ、クロヴィスが。僕達もだけど」

クロヴィスを強調するセドリックに、リリーは眉を寄せる。

「婚約を破棄した翌日に相手の様子がおかしくなったら、誰だって自分のせいかって責任ぐらい感じるだろ」

「別の女性を侍《はべ》らせて婚約破棄を告げるような方に、責任など感じていただかなくて結構ですわ」

「だったらなんでそうなったのか、理由を話せ」

「だから言ってるでしょう！　わたくしは昔からこうですの！　でもクロヴィス・ギー・モンフォールの婚約者だから、モンフォール家の人間になる女として振る舞っていただけ！　もうモンフォール家とはなんの関わりもないのだから、どんなわたくしであろうと勝手ですわ！」

一方的に婚約破棄を突き付けた男に責任を感じる心があったのかと、わざとらしく驚いてやりたくなる。だが、そんな心配も責任感も、リリーの心には一ミリだって響かない。

「でも君のお父さん、娘がイカレたって嘆いてたよ」

「……いつお会いに？」

「呼び出されたんだ」

（あの父親を始末しなければ……）

呼び出してまで嘆くことかと頬をひくつかせるリリーの口から、チッと小さな音が鳴った。

「何か悩み事でもあるの？　僕らで良ければ相談に乗るよ？」

「クロヴィスを殺せってのはナシな」

「では聞いてくださいますか？」

「うん、話して」

大きく息を吸い込み、リリーは笑顔を浮かべる。

「婚約を破棄されたことでお父様に叱咤され、次の婚約者を探せと言われました。今、わたくしの部屋にはお父様が選んだ婚約者候補の写真と資料が山のように積み上げられていますの。よその女にうつつを抜かした男とはもう口を利《き》くどころか顔も見たくないのに毎日声をかけられるし、その護衛達は心配だの、様子がおかしいだの、イカレただのと言って鬱陶《うっとう》しいほどに付きまとってきますわ。帰れと言っても聞かずにね。わたくしはもうクロヴィス・ギー・モンフォールの婚約者ではなく、ただのリリー・アルマリア・ブリエンヌとして生きたいの！　おわかり？」

「父親とクロヴィスが鬱陶《うっとう》しいってのはわかった」

必死に何枚も書いた嘆願書をクシャッと潰すかのようにまとめられ、息をきらして捲《まく》し立てた労力を無駄にされたような気がして、リリーはまたも舌打ちしたくなった。

「僕達の想いはクロヴィスと同じだよ」

「エステル・クレージュはリリーと違って笑顔が可愛い。エステル・クレージュはリリーと違って小柄で可愛い。エステル・クレージュはリリーと違って可愛げがある、と？」

「なんだよ、ヤキモチか？」

「ぶっ飛ばしますわよ」

「おーこわっ」

なぜクロヴィスがリリーとの婚約を破棄してエステルを選んだのかを知れば、嫌味の一つや二つ言いたくもなる。嫉妬ではないが、小柄で笑顔が可愛い女の子らしい相手が良かったのなら、最初から親にそう言えば良かったのだと不満をつのらせていた。

両手を顔の横まで挙げて大袈裟に怖がるフレデリックが憎らしい。

「好意もないのにヤキモチなんてありえませんわ。エステル様の方が女性らしいのは同性であるわたくしから見てもわかることですし」

「エステル嬢にヤキモチ妬《や》いて意地悪してんだな？」

「あなたのこの耳は飾りのようですわね！」

「いてててて！」

悪役令嬢としての生活を楽しんでいるというのにヤキモチと思われてはあまりにも不愉快で、リリーはフレデリックの耳を思いきり引っ張る。

「ヤキモチは妬《や》きませんが、彼にはガッカリですわ。あのような礼儀も知らない貧民を選ぶなど、見る目がないにもほどがある」

今ここで嫌な女を演じておけば二人から軽蔑されて今後がやりやすくなるのではないかと、リリーはフレデリックから手を離して言った。

「モンフォール家の人間があんな貧乏娘を選ぶなんて、後世に残る恥となるでしょうね。この学園に入れただけでも奇跡だというのに、分を弁《わきま》えない灰まみれのドブネズミに歩かれては、バラ園が穢《けが》れると思いませんこと？」

この学園は元々貴族のために創られたものだったが、少し前に学長が代わったことで制度も変わった。

生まれる場所は決められない、それなら庶民にもチャンスが与えられるべきとの方針で、受験資格を与え、成績の良かった者は【救済枠】としてこの学園に通えることになった。

その【救済枠】にエステルがいたのだ。そして入学すると、あっという間にクロヴィスの懐《ふところ》に入り込んだ。

貴族でない者、庶民を「貧民」と呼ぶ貴族は多いが、リリーは今まで絶対にそう呼ぶことはしなかった。誰にもチャンスは与えられるべきだという学長の言葉に、賛成していたから。

だが、それを守っていては悪役令嬢にはなれない。礼儀正しくあり続けるのは悪役令嬢ではないと思っているから。

「んー……言いすぎかなぁ」

（さあ、軽蔑しなさい）

「俺はリリーの言う通りだと思うぜ」

(出た。この男……どうしてこうも邪魔をしようとするの！)

セドリックのように否定してくれればいいのに、フレデリックはいつもリリーの側につく。

「リリーを捨ててエステル嬢に鞍替《くら》えってのは趣味悪いだろ」

「そうかな？　女の子は皆可愛いけど、クロヴィスが言うように彼女、いつも笑顔だから」

「笑顔がそんなに大事か？　貴族なら笑顔よりも優秀さで評価されるべきだろ。クロヴィスの嫁になったら、クッキー作る技術なんかなんの役にも立たねぇぞ。俺はあのあからさまなアピールが鼻につく」

「お前の好みじゃないってだけだろう？」

「当たり前だ。あんなネチャネチャした喋《しゃべ》り方の女、俺には無理だ。サッパリした女のがいい」

二人の好みもクロヴィスの好みも、リリーにはどうだっていい。これっぽっちの興味もない。

だが、セドリックやクロヴィスが言うようにエステルはいつも笑顔で過ごしている。ここ数日は小動物のように震えている姿を見る方が多いが、あれもヒロインとして重要な行動だ。

小説の中であればヒロインは無条件で愛されるが、現実はそんなに甘くない。人望も優秀な成績も、努力しなければ得られないものばかり。

貧民街という、手に入らない物ばかりの世界で生きてきたエステルは誰よりもそれを知っていて、だから他人を蹴落としてでも自分の地位を手に入れたいのかもしれない。

「安心しろよ、お前はイイ女だ」

「なんの心配もしていませんわ。わたくしがイイ女であることは世界が知る事実ですもの」

「可愛げはねぇけど」

「ありがと」

リリーは自分の容姿に自信があった。百五十センチしかないエステルと比べるとリリーは十八センチも背が高く、手も足も大きい。ヒールを履けばそこらの男子生徒と変わらないか少し高くなってしまうため、誰も守りたいとは思わないだろうことは自覚している。

人は外見より中身だと人々は綺麗事を言うが、エステルのように女の子らしい外見と笑顔を崩さない方が可愛げがあるのは当然だ。

「でもね、クロヴィスが気にしてる以上は避けられないよ。知ってるでしょ、彼の性格」

「わたくしは迷惑だと言ってますの。彼と話しているのを周りがどんな目で見るかなんて、考えずともわかるでしょう？　これ以上の辱《はずかし》めをわたくしに受けさせたいと考えているのなら大成功ですわ。だから彼に伝えてくださる？　近付かないでって」

「俺達が止められるなら止めてる。でもあいつは自分で納得しねぇと止まらねんだよ」

「僕達も何度も言ったんだよ。でもダメだった。聞く耳を持ってない」

ほとほと呆れてしまう。忙しい身でありながら、なぜ元婚約者にしつこく付きまとうのか。

リリーが笑った理由を知れば満足するのだろうかとも考えるが、それを白状するわけにはいかない。白状したら、クロヴィスは別の追及を始めるに決まっている。そんな面倒は避けたい。

クロヴィス・ギー・モンフォールは自分の世界で生きていて、自分に理解できないことは受け入れようとしない。悪役令嬢など彼の世界には存在しないだろうから、理解は望めなかった。

「わたくしが迷惑だと言っているの」

「お前の言うことなら聞くとでも？」

返す言葉もない。

絶対君主であろうとするクロヴィス・ギー・モンフォールが誰かの言うことなど聞くはずがない。

自分が見たもの、聞いたものしか信じない男は、誰が何を言おうと信じず動かない。

だからリリーも好きになれなかったのだ。

リリーにとって、クロヴィス・ギー・モンフォールという男はあまりにも魅力がなさすぎた。

「だからね、リリーちゃんがクロヴィスの質問に答えるのが一番早いんだよ」

「その度にエステル様が現れて邪魔をするでしょうね」

「それは僕達が引き止めておくよ」

「……はあ……」

味方であれば心強く、敵になると厄介という人物が、こんなに近くにいるとは考えもしなかった。

クロヴィスに近付けばエステルが大袈裟な演技でリリーを貶《おとし》めるため、それはそれでいいのだが、どうもトントン拍子にいく気配がない。

現実は小説のように甘くないと噛みしめているのはリリーも同じだった。

「とりあえず放課後も呼ばれるだろうから帰らないでいてくれる？」

「ええ……」

精神的に疲れたリリーは肩を落としながら頷いた。

「嫌なら俺が奪ったって言ってやろうか？」

「彼の手を離れた今、わたくしは誰の所有物でもありませんの。奪うという言葉は適切ではありませんわ」

「俺の女にするって言ってやってもいいけど？」

「ふふっ、冗談でしょう？　わたくしとあなたでは釣り合いませんわ。来世で結ばれましょう」

「クソッ。爵位なんか大した問題じゃねぇだろ」

「騎士は称号であって爵位ではありません」

爵位なんてどうだっていい。偉いのは父親、もっと言えばそれより前の先祖であって、親の地位が勝手についてくるだけの子供ではない。

だからリリー個人としては相手がどんな家柄でもかまわないが、他の人、特に両親はそうはいかない。親が決める結婚は全て狙いがあってのもの。利益を生まない結婚に意味はないのだ。

子は親が築いた地位から様々な恩恵を受ける代わりに、その身を捧げて家に利益をもたらす。

爵位を持たないフレデリックを恋人に選べば、リリーの父親は今度こそおかしくなってしまうかもしれない。

「フレデリック、身の程を弁《わきま》えなよ」

「俺は男として一人前だ」

「公爵家の娘とどうにかなるには、伯爵以上の爵位が必要だろうね」

「関係ねぇよ」

「ある。自分と同等の子で我慢することだね」

「俺はお前とは違う」

「はいはい」

仲が良いのか悪いのか、言い合いをしながら去っていく二人の後ろ姿を見ていると子供の頃を思い出す。しかし今のリリーにそれに浸《ひた》って微笑むような余裕はなく、放課後の面倒な呼び出しを思ってうんざりしていた。


「何用ですの？」

「座れ」

「チョコレートドリンクでいい？」

「チョコレートドリンクなんて飲みませんわ」

「前は飲むって言ったよね？」

「あの時はそういう気分だったというだけで、今はハーブティーを飲みたいんですの」

自分が思い描く悪役令嬢とは程遠い惨めな姿を晒《さら》している気がして仕方なかった。ヒロインもいないのに意見をころころと変えるのはただのワガママな女であって利口な悪役令嬢ではない。

悪役令嬢が対峙《たいじ》するべきはヒロインであってその他の人間ではない。リリーはヒロインでない、それも異性相手にどう対応するのが悪役令嬢っぽいのかいまいちわかっておらず、異性しかいないこの空間は居心地が悪かった。

「わたくしが笑顔を浮かべたことがそれほど不満でしたの？」

「ああ」

「それは大変失礼いたしました。無礼をお許しください」

不満ならその場で言えば良かったものをなぜ後になってグチグチ言うのか、その女々《めめ》しさがリリーには理解できない。

黒い鳥もクロヴィスが白だと言えば周りの人間は全員が白だと答える。いや、答えなければならない。そんな環境でクロヴィスが我慢するような必要はなく、不愉快だと思ったらどんな場であろうとハッキリ言うこの暴君が、なぜあの時そう言わなかったのか。

今この瞬間、不満を抱いているのはリリーの方だった。

「お前はなぜ今まで俺と会っていた時にあの時のような笑みを見せなかったんだ？」

（は？）

難しい政治の話ならどんな相手でも論破するくせに、そんな簡単な答えもわからないのかと鼻で笑ってやりたいところだが、悪役令嬢というのは王子の前では良い顔をするもの。しかしそれはあくまでも王子を手に入れたがっている悪役令嬢のやり方であって、リリーは違う。

一体どうするのがベストなのか、顔を歪《ゆが》めて模索していた。

「笑うような話題がありませんでしたから」

「俺といるのは楽しくなかったか？」

「楽しいとかそういう感情はありませんでした。生まれた時からリリー・アルマリア・ブリエンヌはクロヴィス・ギー・モンフォールと結婚することが決まっており、お茶の時間は仲を深めるために必要な逢瀬《おうせ》だったというだけ。わたくしは政治に関心のある賢い女ではありませんの。モンフォール家に入る者として振る舞っていただけですわ。ですので、楽しかったなどという嘘は口が裂けても言えません」

これは全て事実。笑顔を交わすことはなく、ただ義務のように会う日が決められ、無駄に回数だけが重ねられていく逢瀬《おうせ》を楽しんだことは一度だってない。

「なるほどな」

「ですので、婚約破棄を怒ってはいませんし、むしろ良かったと思っていますの」

理想の悪役令嬢を演じるには婚約者がいてはならない。ましてや王子と結婚などしてしまえば悪役令嬢になる夢は潰《つい》えてしまう。大勢の前で婚約破棄されたあの瞬間、リリーがどれほど神に感謝したことか、クロヴィスは知らないだろう。

「俺は楽しかった」

「え？」

「月に一度、お前と二人で会い、言葉を交わしながら茶をする時間が好きだった」

「お、お待ちください、お待ちください！」

せっかく貼り付けた笑顔で終えられると思っていたこの時間を、またぶち壊すように放たれた言葉の真意がわからず、リリーは焦る。

（楽しかった？　好きだった？　何を言っているの？）

笑顔を見せなかったのはクロヴィスも同じだった。それなのに楽しんでいたなどと言われても、納得できるはずがない。

「もう終わったことですので、これ以上のお言葉は望んでおりません」

「一方的に話して終わりか？」

「あなたはいつも一方的に話して終わりだった」

「お前が何も話さなかっただけだ」

クロヴィスはそう言うが、リリーは過去に一度だけ、自分の話をしたことがある。その時、クロヴィスは笑顔一つ見せず相槌《あいづち》もなく、リリーが話し終えた後に無表情のまたった一言『そうか』と返事をしただけ。そしてまた政治の話に戻った。

あの時リリーは自分の話をするのをやめようと決めたのだ。

クロヴィスはそんな些末な出来事など、欠片《かけら》も覚えていないのだろう。

「今日でお会いするのは最後ですから正直に言いますわ。わたくしがあの時、笑った理由はただ一つ。あなたが婚約破棄してくださったからです」

「……」

「お気持ちがエステル様に向いていることは知っておりましたし、蔑《ないがし》ろにされている自覚もありました。親同士が決めたものといえど、あなたは義務感と責任をもってこの結婚を貫くのだと思っていました。でも違った。あなたは家よりも自分を優先した。そんな方が王となり、その隣に立つのが自分だと思うと吐き気がしていましたわ。けれど、あなたはそれを察したようにわたくしを捨ててくださいました。だから嬉しくて笑ってしまいました。以上です」

ハッキリ言いきったリリーに、クロヴィスの返事はなかった。ただ黙ってリリーを見つめるだけ。

少しして口を開いたクロヴィスが放つ言葉が、リリーには容易に想像できた。

「――そうか」

(ほらね)

返ってくる言葉は決まっている。

「エステル様との仲を邪魔するつもりはありませんわ。どうぞ貧民と仲睦《むつ》まじくお過ごしになれば良いかと。わたくしはもう自由ですし、あなたのつまらない政治の話に付き合う必要がないと思うと清々していて……ふふっ、嬉しい」

クロヴィスのような男には、これでもかと言うほどハッキリ言わなければ伝わらない。遠回しな嫌味も意味はなく、黒い鳥は黒い鳥だと叫び続けなければ耳に入れてもらえない。

そんなのはもうごめんだ。

だからこれで最後。

リリーはこの関係の終了が嬉しくてたまらないと、笑顔を見せた。

「同じ学園の生徒ですからすれ違うことぐらいはあるでしょうが、これ以上お話しすることはありませんので、これが最後の対面となります。なのでもう一度ハッキリ言わせてもらいますわ。もう二度と、わたくしに、声をかけることは、なさらないでください」

一言一言をきつく強調して言いきると、リリーは満足げに立ち上がった。

「では、さようなら」

ツンと顎《あご》を上げたままお辞儀もせず、脇に控えるオリオール兄弟に視線を向けることもなく部屋を出た。

（引き止めなかったということは理解したってことよね。良かった）

ドアを閉めると、気付かぬうちに緊張していたのか、長い溜息が漏れる。

この部屋には嫌な思い出が多すぎる。

決められたお茶の時間に早すぎてもいけないし遅れるなど言語道断。分刻みのスケジュールをこなしているクロヴィスに合わせるのは気が張って嫌だった。終わりの時間も厳しく決まっていて、とてもじゃないが婚約者同士の会話を楽しむ時間など一秒だってなかった。

だがそれとももうおさらば。もう二度と来ることのない部屋なのだ。

「早く帰らないと」

こんな時は恋愛小説を読むに限る。リリーはスキップでもしそうなほど心を弾ませていた。


「あー疲れた！　もうほんとに疲れた！」

入浴を済ませ髪を乾かしたリリーはベッドにダイブし、叫ぶように声を上げた。その後ろからメイド長のアネットがやってくる。

「今は決まったお付き合いがないのですから、疲れることなどないはずですが？」

「それがあるのー。毎日リリー、リリーって鳥みたいに声をかけてきてうんざり！　婚約破棄したのはそっちでしょ！　なのになんで声かけてくるわけ？　それも翌日から！　頭おかしいんじゃないの？」

本当はこれこそ本人に言いたかったが、そこまでの勇気はなかった。頭がおかしいなどと言ったら手を上げるかもしれない。さすがにそんな男ではないとわかってはいるものの、不機嫌な時はオリオール兄弟でさえ近寄らないようにしていると聞く。

もしリリーの発言で機嫌が悪くなったら、被害を被《こうむ》るのは護衛か使用人達だ。長い付き合いの人達をそんな目に遭わせることはできないと、暴言だけは避けた。

「お嬢様に未練があるのでは？」

「私が振ったならわかるけど、私は振られた方よ。浮気された女なの。その上公衆の面前で婚約を破棄された可哀相な女。だから悪役令嬢になって婚約者を奪ったヒロインに嫌がらせするの」

「もっと派手になさらなくてよろしいのですか？」

「派手にって？」

アネットの発言はリリーにとって意外なものだった。リリーの悪役令嬢計画に、反対こそしないが賛成もしていないと思っていたから。

「それこそ公衆の面前で相手に水をかけたり、脚を引っかけて転ばせて、自分の脚の長さを自慢しながらの高笑いとか」

「そういうの古い。今はお利口に陥《おとしい》れるの」

「成功されましたか？」

「……まだ嫌味しか言えてない」

「向いていないのでしょうね」

「そんなことない！」

向いていないかどうかはやってみなければわからない。その意気込みをリリーは鼻息で表すが、アネットは静かにかぶりを振る。

「着たい服と似合う服が違うように、憧れているからなれるというものでもないのです」

「でもなりたいの！　私にはもうこれしかないんだもの。悪役令嬢にならなきゃただの可哀相な大きい女になっちゃうじゃない……」

「彼よりイイ男はいないでしょうけど、もうワンランク下げれば少しイイ男ぐらい見つかりますよ」

なんの励ましにもなっていない言葉と共に抱きしめてくるアネットにどう反応するのが正しいのか判断できず、リリーはされるがままにじっとしていた。

「そもそも根っこが間違っているんですよ」

「根っこ？」

「お嬢様を押しのけて恋人になろうとする女への嫌がらせも大事ですが、くっつかないようにするのも大事なのです」

「そう？」

「今まで何を読まれてきたのですか？」

くっつかないようにするも何も、クロヴィスの心がエステルに向いている以上、リリーがどう足《あ》掻《が》こうと二人がくっつくのは時間の問題。あれやこれやの対応がすぐに思いつかない時点で悪役令嬢など向いていないのでは、と自分でも思ってしまう。

「ヒロインを陥《おとしい》れるには、ヒロインの悪評を流して酷《ひど》い女だと周りに認識させた上で、故意の事故を仕掛け、自分が王子に泣きついて被害を訴えるのです」

（それって……）

まさにエステルがやっていたことだ。

（いいえ、あれはヒロインの座を守るために悪役令嬢を更に陥《おとしい》れるという行動であって、彼女が悪役令嬢なんて絶対にない）

違う違うと否定するように首を振る。

「あざといくらいに媚《こび》を売るのも一つの手でしょう。外堀から埋めるのも良いですし……ああ、オリオール兄弟から懐柔《かいじゅう》してては？」

「あの二人をどうやって懐柔《かいじゅう》するの？　超がつくほどの遊び人なのよ？」

「セドリック様だけでしょう。フレデリック様は違います」

「ムリムリムリムリ。できるわけない」

「そうだ、今度のパーティーではドレスを変えましょう。もう王子に合わせる必要はないのですから、お嬢様にピッタリのドレスをお選びします」

来週、学園主催のパーティーがあることなど、すっかり頭から飛んでいた。

何を思いついたのか、アネットの表情はまさに〝悪女〟そのもので、リリーは嫌な予感に身体を震わせる。

「今日は疲れたからもう寝るわ」

「悪役令嬢の復習はよろしいのですか？」

「疲れた状態で読んでも面白くないから」

「かしこまりました。おやすみなさいませ」

「おやすみ」

ベッドに寝転がり、パタンと閉められた扉から天井へと視線を移す。胸元まで布団をかぶって、本日何度目かの大きな溜息を吐き出した。

「本当に疲れた。エステル様は妙に行動が速いし、クロヴィスは馬鹿だし、悪役令嬢に近付いた気配はないし。一朝一夕ではどうにもならないってわかってるけど、焦っちゃうのよね。悪役令嬢なんてやめて新しい婚約者でも探すべき？　でもなぁ……」

婚約破棄からまだたった数日しか経っていないのだ。早急に方針を変える必要もないかと、考えるのはやめて眠りについた。


翌日、昼になってもクロヴィスが姿を現さなかったことに安堵したリリーは、久しぶりにバラ園の奥にある大きな木の下で本を読むことにした。リリーのお気に入りの場所だ。近くには小さなティーテーブルと椅子も用意されているが、リリーはあえて地面に腰を下ろすのを気に入っていた。

木にもたれかかって空を見上げると、サァッと心地よい音を立てて葉が揺れ、心を落ち着かせてくれる。葉の間から射す木漏れ日が気持ちいい。

昨日、クロヴィスと会うのもこれで最後と話したせいか、ふと子供の頃のことを思い出した。

『リリー、お前はかんぺきな女になれ』

『かんぺきな女?』

『俺にふさわしい女になれと言っているんだ』

『やだ』

『俺はワガママなやつはきらいだ』

『よかった。私もワガママな男ってだいきらい』

世界は自分を中心に動いているとでも言うようなクロヴィスの言葉に、昔からリリーは真っ向から反発していた。なぜ自分がクロヴィスのために生きなければならないのかと。彼と結婚することは親からうんざりするほどしつこく聞かされていたし覚悟もしていたが、全てをクロヴィスに合わせるつもりはなかった。

しかしそれも成長と共に変わっていき、気が付けばリリーはクロヴィスに言われたことを従順にこなす女になっていた。外見に気を遣い、成績も所作も、クロヴィスに文句を言われないようによく学んだ。

政治の話なんて少しの興味もないのに関心、理解があるフリをしていた。

『クロヴィスはリリーちゃんのこと、だいすきなんだよ』

『私はきらい』

『クロヴィスより俺のがイイ男だろ？』

『ぜんぜん』

『なんでだよ。俺のがつよいんだぞ』

『ふーん』

思えばリリーに可愛げがないのは昔からで、嫌味を言う時だけ笑顔を浮かべていたような気がする。

クロヴィスには子供の頃から目指すものが見えていて、一方のリリーは普通の少女と同じように曖昧《あいまい》だった。それが、十歳を迎えてから急に教育が厳しくなり、家庭教師がついて朝から晩まで勉強と刺繍《ししゅう》をさせられるようになった。

そんな中でオリオール兄弟と遊ぶのがリリーの息抜きになっていた。

『お前がだれにもよめにもらわれなかったら、俺がもらってやるよ』

『リリーちゃんはクロヴィスのだからダメだよ』

『でもクロヴィスは、リリーがかんぺきな女になれなかったらいらない、って言ってたぞ』

『そんなのお父さんがゆるさないよ』

『うるさい。リリー、お前はかんぺきになるなよ』

完璧になれていたのかは今でもわからない。成績が優秀であれば完璧というわけではないだろう。

少なくとも、婚約破棄された女を完璧と呼ぶ者はいない。

『俺がもらってやる』

『やだ』

『なんでだよ！　ゆびわ買ってやるぞ！　こんなでっかいダイヤがついたゆびわだぞ！』

『いらない』

フレデリックは子供の頃から今と変わらないことばかり言っていた。今全く同じことを言われたなら、婚約者がいる女に言い寄るのは性癖なのかとでも言ってやりたい。

リリーは自分の手のひらを見つめる。

来年、学園を卒業する頃には左手薬指に豪華な指輪がはめられているはずだったのに、それもナシ。クロヴィスの母親から譲り受けるはずだった指輪が、本当は欲しかった。

王妃のオレリアはリリーの憧れで、子供の頃からずっとあの人のようになりたいと思っていた。けれど今となってはもう手の届かない人だ。

「おっきな手……」

短い指に小さな手のひら。そんな可愛い手であれば何をしても可愛かっただろうに、リリーの指は長く、手のひらは大きい。

空に手をかざしてみると顔を覆《おお》い隠す影ができる。せっかく指輪をはめても指の方が目立ったかもしれないと苦笑した。

「――ダイヤの指輪、欲しくなったか？」

「ッ!?　きゅ、急に出てこないでよ！」

「お、普通に喋《しゃべ》ったな」

可愛かった少年は今や立派な男となってリリーの顔を覗き込んだ。

驚いて思わず素が出てしまった口を押さえ、首を横に振る。

「普通に喋《しゃべ》りゃいいだろ。今は俺とお前しかいねんだから」

「言ったはずですわ。これがわたくしの本来の喋《しゃべ》り方だと。それより何用ですの？　また王子が何か？」

「いんや。昼休憩だから俺は自由時間。昼寝しに来ただけ。ここは俺の秘密のスポットだから」

「嘘ばっかり」

今まで一度だって一人で来たことがないくせに、よくもそんな嘘がつけるものだと呆れてしまう。

「今日は天気がいいから眠てぇわ」

「あ、ちょっと！」

欠伸《あくび》をしながら隣に腰かけたかと思うと、フレデリックは断りもなくそのまま身体を横に倒してリリーの膝に頭を乗せた。何事かと焦ったリリーが頭を押そうとするが、手を掴まれて阻止される。

「なんですの、馴《な》れ馴《な》れしい」

悪役令嬢はヒロインの周りにいる人間は誰だって利用する。時には王子に媚《こ》びながらヒロインに対して意地の悪さと性根の腐り具合を見せるわけだが、リリーは人を利用する方法を知らない。

「その喋《しゃべ》り方、気持ち悪い。お前はそんな上流階級のお嬢様じゃねぇだろ」

「公爵の娘に何を言ってますの？　騎士の分際で」

「似合わねぇって言ってんの。今は俺しかいねんだから、普通に喋《しゃべ》れよ」

フレデリックが言っていることももっともで、周りを見ても誰もいない。少し離れた場所から生徒達の自慢話が音として聞こえるだけ。ならいいかと、フレデリックの両頬を引っ張って笑う。

「いひゃい。俺は一日中立ちっぱなしなんだよ」

「だから？」

「少しぐらい優しくしろ」

「甘ったれ」

「お前のが誕生日先だろ。俺は後だから弟。姉は弟を甘やかすもんなんだよ」

ああ言えばこう言うという言葉を具現化したような男だ。何を言おうと黙ることを知らない。誰かに見られでもしたらどうするという心配も、フレデリックの中にはないようだった。

「お前いつも本ばっかだな」

「本も読まないお馬鹿さんには、この面白さはわからないでしょうね」

フレデリックは本を読まない。教科書以外の本を持っているのを見たこともない。勉強より剣術が好きで、机に向かうぐらいなら走る筋肉馬鹿とリリーは評価していた。

目つきも口も性格も悪いが、クロヴィスやセドリックと比べると一番わかりやすくて優しい。セドリックも優しくないわけではないが、フレデリックほど踏み込んではこない。

それもあって、リリーにとっては言葉選びにこそ腹を立てるがフレデリックが一番話しやすい相手であった。

「本ばっか読んでると馬鹿になるぞ」

「本を読まずに馬鹿になった人が言うと説得力があるわね」

「俺はこれでも優秀だ。お前が知らないだけでな」

「それは初耳。脳みそまで筋肉でできてると思ってたのに」

「クロヴィスの護衛は低能な奴じゃ務まらねぇの」

「じゃあフレデリックは解雇されなきゃ」

「はあ？　俺以外に誰がやれるってんだよ」

「優秀な人」

「いるかよ」

リリーは自分でも驚くほど今を楽しいと感じていた。誰かと話していて自然に笑えるのは久しぶりだ。

気負わず、ありのままの自分で、子供の頃のように軽口を叩き合える関係。これが当たり前であったはずなのに、人は成長して立場を理解するとこんなことさえ許されなくなってしまう。

だから砕けた喋《しゃべ》り方で憎まれ口を叩いている今この瞬間が、酷《ひど》く楽しかった。

「髪が固くて痛いんですけど」

「短いんだからしゃーねぇだろ」

「セドリックぐらいにしてみたら？」

「それは当然、あの軟弱な長さが俺に似合うと判断しての提案だよな？」

「いいえ、絶対似合わないだろうなって思って……ふふっ」

子供の頃からフレデリックの髪は少し固めだった。兄のセドリックは柔らかい猫毛で、いつもふわふわと風に揺れていた。今では長めに伸ばしたその髪を緩く結んでいるのだが、それを『軟弱』だと言いきってしまうところにフレデリックの性格が出ている。

この男が揺れる髪を耳にかける姿を想像しただけで噴き出すほどおかしくて、リリーは肩を揺らす。

「女はメンドーだよな。長い髪を毎日毎日手入れしてよ」

「結うためには必要な長さだもの」

ドレスが変われば髪型も変わる。ドレスに合わせた髪型にするためにはそれなりの長さが必要で、大変なのは確かだが、大変なのはリリーではなく髪を洗って乾かして手入れをしてくれるアネットだ。リリーはこの髪を保つためになんの苦労もしていない。

「イイ匂いだ」

「子供の頃から言ってる」

子供の頃、フレデリックは今みたいにリリーの髪を触りながら良い匂いだとしょっちゅう言っていた。自分も同じオイルを使いたいとも言っていたが、クロヴィスやセドリックに女の香りを纏《まと》うつもりかとからかわれてからは口にしなくなった。

「そんなに好きな匂いなら、小瓶に分けてあげましょうか？」

「いや、嗅ぎたくなったらここに来る」

「ここに？　ここに匂いはないけど」

「お前がいりゃ匂いがある」

何を言っているんだと、リリーは黙って首を振る。

確かにここはリリーのお気に入りスポットで、よくここで本を読んでもいるが、毎日いるわけではないし、本を読みに来る度にこうして近い距離で話すわけにもいかない。クロヴィスと縁を切るためにはフレデリックとの縁も切らなければならないのだ。

しかし……本当にそこまで極端にする必要があるのかという疑問も、リリーの中にあった。

「いない時の方が多いけど」

「そん時はクラスに行けば確実だろ」

「やめて。フレデリック・オリオールの私用で呼び出されるなんて、考えただけで恐ろしい」

クロヴィス、セドリック、フレデリック、リリーの四人が幼馴染《おさななじみ》であることは、大体の生徒が知っている。が、学園内で親しくしている姿を見た者はほとんどいないだろう。

常に一定の距離を取りながら過ごしてきた。そのため、人が見かけるリリー達の姿といえば、婚約者同士で向かい合ってお茶を飲みながら真面目な顔でぽつぽつと話し、オリオール兄弟はクロヴィスの後ろで黙って立っている、というものだ。

幼馴染《おさななじみ》と言っても親しさは様々で、フレデリックにこんな膝枕をするような関係だとは、後の二人さえも知らない。

あのフレデリック・オリオールが匂いを嗅ぎたいなんて変態チックな行動をしに来るとなると、

理由を知らない女子生徒は歓喜の声を上げながらフレデリックの周りに群《むら》がるだろう。そしてこの男はその女子生徒達を鬱陶《うっとう》しそうに蹴散らしながらリリーに寄ってくる、もしくは連れ出す。

容易に想像がついてしまうその図を振り払うように、リリーは頭を振った。

「俺の匂いも嗅がせてやるよ」

「いやよ、汗臭い」

「男らしい匂いだろ」

「ただ汗臭いだけ。やっぱり小瓶を持ってきてあげるからつけなさい。騎士見習いのフレデリック・オリオールが女のような香りを纏《まと》って歩くのもいいんじゃない?」

アネットがブレンドしているこの香りをリリーは子供の頃から気に入っているが、それをフレデリックがつけると思うと笑いが込み上げる。

女らしいイイ香りだと思って振り向いた先にいるフレデリックに唖然とする生徒達の表情を想像するだけでおかしく、リリーは肩を揺らして笑った。しかしそれも、ニヤついたフレデリックの言葉で真顔に戻る。

「じゃあ俺の女の香りだって言っとく」

「笑えないんだけど」

「わかる奴は一発でお前の香りだってわかるだろうな。もしかしてリリー様の香りですか? って聞かれたら俺は爽やかに笑って、そうだって答えてやるよ」

「爽やか! フレデリック・オリオールに最も似合わない言葉よ!」

「覚えとけよ、徐々に広めてってやるからな」

悪役の捨て台詞《ぜりふ》のような言い方が面白かった。

爽やかに笑ったことなど一度もないくせにそんな風に言うものだから、リリーはたまらず噴き出してしまう。

「——何をしている」

しかし、せっかくの楽しい場を凍り付かせる嫌な声と共に現れる影。

「よお」

「何をしているのかと聞いているんだ」

「昼飯と休憩」

「寝転びながらか？　随分行儀の良いことだ」

「まあな」

氷のように冷たい目が影の奥で光るのを一瞬だけ見て、リリーはすぐに視線を逸らす。目が合わなかったことを考えると、あの目は自分ではなくフレデリックに向けられたもので、今は余計なことを言わないのが正解だとわかった。

「で、王子直々になんのご用で？」

「リリーに話がある」

一体どれだけ話があるんだとうんざりしてしまう。こういうのを避けるために昨日は聞かれたことに答えたというのに、これでは全く意味がない。

「どうぞ」

「席を外せ」

「外す必要ねぇだろ」

「俺が外せと言っているんだ」

リリーはクロヴィスのこの威圧的な口調が苦手だった。機嫌が悪い時はいつもこう。

それに逆らうとどれだけ面倒くさいことになるかを知っているフレデリックは、頭を掻いて渋々立ち上がり、静かにその場を離れた。

「座っていいとは言っていませんわよ」

「お前の家でもないのだからどこに座ろうと俺の勝手だ。許可は必要ない」

クロヴィスはそんなことを言って、テーブルセットの方へ腰かける。

(不幸になればいいのに)

密かな願いを心の中で呟きながら溜息と共に本を閉じた。そして、クロヴィスが顎《あご》で指す向かいの椅子へと腰かける。

「昨日、わたくしが言ったことを覚えておられないようですわね。あまりの忙しさにわたくしの話など記憶にも残っておりませんの？」

「俺は仕事の手を止めて聞いていたはずだが、覚えていないか？」

リリーの頬がぴくりとヒクつく。

「ではなぜ、こうしてわたくしの前に姿を見せられるのでしょうか？」

「話があるからだと言っただろう」

額にぴきりと青筋が浮かぶ。

「何をお話しになりたいのです？　世間話？　政治？　帝王学？　嫌味？」

「落ち着け。何を興奮している？　俺はただお前と世間話をしに来ただけだ」

プチッと、何かが切れる音がした。

「いい加減にして！」

「リリー」

「リリーじゃない！　私はもうあなたと話すことなんてないの！　あなたが私に婚約破棄を言い渡したのよ！　それなのに翌日からリリーリリーって子供みたいに呼び止めては『話がある』ばっかり！　私の気持ちなんてお構いなしで自分の気持ちだけ優先して！　知らないだろうから教えてあげる！　この世はあなたを中心に回ってるんじゃないから！」

勢い良く立ち上がりバラ園全体に響き渡るほどの声で捲《まく》し立てたリリーは、言いきってから暫《しばら》く荒い呼吸を繰り返した。

久しぶりに真っ直ぐ見つめるクロヴィスの瞳には焦りも怒りもなく、相変わらず何を考えているのかわからない目でリリーを見つめ返している。

「落ち着いたか？」

「黙って」

「わかった」

それから暫《しばら》くの間、クロヴィスは口を開かなかった。書類も本もないまま椅子に腰かけているだけの時間は、クロヴィスにとって無駄以外の何物でもないだろうに、文句も言わず黙ってリリーを見つめていた。

「……世間話は何を？　お天気のお話？　それなら今日はとてもいい天気ですわ。明日もきっといい天気でしょうね。ではこれで」

「待て」

好きでもない相手と話すことなど何もない。笑顔を作って空を指していたリリーはそのまま立ち去ろうとするが、クロヴィスがそれを許すはずもなく、腕を掴まれ強制的に座らされた。

「悪いけど、あなたに触られると蕁麻疹《じんましん》が出るの」

未練はない。恋だってしていなかった。ヤキモチもありえない。でも、エステルを抱きしめたり肩を抱いたりした手で触れてほしくないと思った。

氷のような目を向けられたあの瞬間を、リリーは今でも背筋が震えるほど鮮明に思い出せる。

勢い良く手を振り払うと、これ以上は触られないように膝の上に手を置き、深呼吸を一回。

「フレデリックと何を話していた？」

「世間話ですわ」

「内容は？」

「あなたには関係のないお話」

「内容」

リリーはギリッと音が鳴るほど歯を強く噛みしめた。

彼はいつだって、自分が言えばその通りになると思っている。

リリーにとってクロヴィス・ギー・モンフォールにはなんの魅力もない。彼は王族なだけで中身は薄っぺら。だから父親が言うように泣いて縋《すが》りつこうとは思わなかったのだ。

何事においても自分優先で、自分が世界の中心だと思っているこの男には、遠慮など求めるべくもない。これがまだ婚約時であれば我慢して話しただろうが、もうそんな必要はない。

「お断りします」

「なぜだ？」

「なぜ？　昨日申し上げたように、わたくしとあなたはもうなんの関係もない赤の他人。婚約者でもないわたくしがあなたの言うことを聞く義理はないんですの。あなたがどんなに地位ある人間だろうと、わたくしにとってはただの人。他人を思いやることも知らない、人の気持ちも考えられない、偉ぶることしか能がない男に、懇切丁寧に教えてさしあげる義理はありませんの」

何度言えばわかるのだろう。逆になぜこれだけ言ってもわからないのか。この無意味なやり取りにリリーは気分が悪くなった。

これをクロヴィスが意地悪でしているのであれば無視すればいいが、本当に理解できていないのだからたちが悪い。

「わたくしに婚約破棄を言い渡したこと、覚えていらっしゃいます？　ほんの数日前の話ですが」

「ああ」

「わたくしとあなたの関係はもう婚約者ではないことは理解できておられます？」

「ああ」

そこまでは理解できているらしい。

「わたくしが連日、もう声をかけないでくださいとお願いしたことは覚えてらっしゃいます？」

「ああ」

「ならなぜこのように声をかけてくるのです？」

「話があるからだ」

「なんの？」

リリーの声がワントーン低くなった。

婚約破棄の翌日からずっと『話がある』とリリーに声をかけてはなんの内容もない話をして、その話だっていつもリリーがもう二度と声をかけるなとお願いして終わらせている。それなのに翌日にはまた『話がしたい』と近付いてくる理由がわからなかった。

「世間話と言っただろう」

「なぜ？」

「フレデリックとはしていた」

「彼は政治の話はしません。あなたは政治の話しかしないでしょ？」

クロヴィスの言葉を借りるなら、リリーの頭は今『この時間が無駄』という言葉で埋め尽くされている。顔にまで書いてあるはずなのに、クロヴィスはそれを読もうとしない。

フレデリックとクロヴィスは正反対の性格だ。フレデリックとの会話は冗談が多く、クロヴィスは冗談めいた発言さえしたことがない。

クロヴィスの発言はいつだって生真面目なもので、だからエステルとの時間が多くなったのは自分にヤキモチを妬《や》かせるためではなく本当に心が動いたんだと、すぐにわかった。

そんなクロヴィスと、フレデリックに接したようにしろと言われても無理な話。

「お前の話を――」

「お断りします」

「なぜだ？」

リリーがショックを受けたあの反応も無意識なのだろう。本当に興味がなかったから、一から十まで聞いた話を『そうか』で片付けた。それを今更『話を聞くから自分のことを話せ』と言われても話せるわけがない。

それを伝えても、返ってくる言葉もやっぱり『なぜ』なので、リリーは頭を抱えたくなった。

子供の頃から聞き続けた『なぜ』と『そうか』にはもううんざり。

「世間話をしにいらしたのはそちらでしょう？　わたくしと話がしたいのであれば何かわたくしが楽しくなる話題を提供していただけますこと？」

「俺は今、フェスター地方での干魃《かんばつ》問題に関わっているのだが――」

「政治に興味ありません」

「なら、先日隣国を訪れた際に交わした協定が――」

「政治に興味ありません」

「俺が王になった暁《あかつき》には――」

「全く興味ありません」

　さすがにリリーも驚いた。政治に興味がないとリリーが言ったのは今日が初めてではなく、それを聞いてなお、クロヴィスは世間話として政治の話をしようとしている。そんな謎の行動に出た男には、政治以外の話題がないらしい。

　クロヴィスはオリオール兄弟やリリーと違って、子供の頃から外で遊ぶ時間が少なかった。ほんの少し遊ぶと家庭教師が呼びに来て、屋敷の中へ入ってしまっていた。

　将来王になろうという者が遊びなどにうつつを抜かすことは許されておらず、人々が当たり前に話す、『昨日発売した小説買った？』だとか『どこそこの令嬢って美人だな』といった、そんな話もできないのだ。

「政治のお話しかなさらないのであれば帰っても？」

「待て」

「まだ何か？」

　まともな話がないなら帰ると立ち上がりかけたリリーを引き留めたクロヴィスは、しかし顎《あご》に手を当てて黙ってしまう。

「……今日は良い天気だな」

　どうせまた政治の話だろうと思っていたリリーは、思わず立ち上がっていた膝が折れて再び椅子に座り込んだ。

「どうした？」

両手で顔を覆《おお》って震えるリリーを不思議そうに見つめるクロヴィスが、組んでいた脚を崩して彼女の顔を覗き込もうと背もたれから身体を起こした瞬間——

「何それっ」

リリーが心底おかしそうに声を上げて笑い出す。

「……お前が、言ったんだ。天気の話と」

「あれはたとえ話であって、それが世間話というわけではないのよ」

「そうだったのか」

驚いたように目を瞬かせるクロヴィスだが、驚きが薄れても表情は柔らかく、口元は弧を描いていた。

「風が吹いているな」

「もうっ、やめてよっ」

「なぜだ？　風が吹いているだろう。晴れた空を見ながらいい天気だと言うのと何が違うと言うんだ？」

「あなたが言うとおかしいの！」

当たり前のことを話題に取り上げ、これで世間話をしている気分になっていることが妙におかしくて、リリーは笑いが止まらない。

普通ならこんな話題は、目を覚ました時か家を出る時に独り言として呟くような内容だ。それなのに、あの完璧主義者のクロヴィス・ギー・モンフォールがこれを本気で世間話だと思っているというのは、リリーにとって大変な笑い話だった。

本当に仕事や勉強以外何もできない男なのだと、リリーは初めて知った。

「楽しかったか？」

ひとしきり笑い、何度も深呼吸を繰り返しながら乱れた呼吸を整えるリリーに、クロヴィスは静かに問いかけた。

目を瞬かせるリリーを真っ直ぐ見つめる目に冷たさは感じられない。

「……ええ。あなたのお馬鹿な一面がとても楽しかったわ」

「そうか」

いつだって返事は『そうか』だけ。いつも通りの返事だが、珍しく腹が立たなかったのはクロヴィスの表情が少し柔らかかったから。

初めてなのか、久しぶりなのか、どっちだったか思い出せないほど希少なクロヴィスの柔らかい表情を見たことで、不思議とリリーの心が少し落ち着いた。

「俺が世間話ができる男なら、お前は笑っていたか？」

「……笑わない人と笑い合うことはできません」

自分がどれだけ楽しくても、相手が笑わなければ楽しさは一瞬で消えてしまう。世間話ができようとできまいと、大事な部分はそこではない。

リリーの言葉にクロヴィスは何も言わず黙り込んだ。

「エステル様はきっと世間話がお得意でしょうから、これから色々勉強になると思いますわ。ああいう方は噂話もお好きで、お上手ですからね」

「そうか」

リリーとしてはクロヴィスにはここでエステルを庇《かば》ってほしかった。

ヒロインを庇《かば》う王子に苛立った悪役令嬢が責め立てる、という感じにしたかったのに、クロヴィスお得意の『そうか』で終わってしまったため、リリーの希望した流れも始まらずに終わった。

「リリー」

「はい」

「指輪が欲しいのか？」

「……は？」

なぜ突然指輪の話になったのかと素が出てしまったが、なんとなく嫌な予感がする。

「ダイヤの指輪と言っていただろう」

フレデリックとの一部始終をどこかでずっと見ていたのではないかと思うとゾッとした。

「自分の手を見ていただけなのに、彼が勝手に勘違いしただけで、宝飾品には興味ありませんわ」

「お前が美しいと言っていたあの指輪を――」

「あれは王子の正妻が王妃より頂く物。わたくしはもう婚約者ではありませんので譲り受ける資格もありませんし、いりません」

受け取れないなんて謙虚な言い方ではなく、ハッキリ断らなければ何をしでかすかわからない。

「あれはお前に贈ろ――」

「クロヴィス様！」

「……エステルか」

「リリー様、ごきげんよう、エステル様」

「ごきげんよう、ごきげんよう」

クロヴィスが恐ろしいことを口にする前に立ち去ろうと考えていたリリーにとって、タイミングの良すぎるエステルの登場には助けられた。

クロヴィスの傍に駆け寄り、すぐさま愛らしい笑顔で挨拶をしてくれるエステルにリリーも挨拶を返したものの、彼女は既にクロヴィスに身体を向けその手を握っていた。

「パーティーのドレスのことなんですけど、紫にしようかなって思ってるんです」

「紫？」

「紫を着るの？」

「いけませんか？　クロヴィス様が白を着られるので私も白にしようか迷ったんですけど、白と白だとまるで結婚式みたいになってしまうと思って、紫にすることにしたんです」

キャッと頬に手を当てて何か別の生き物のように身体をクネらせる姿は見るに堪《た》えないものがあるが、リリーがその場からすぐに離れられなかったのは、エステルの考え方があまりにも非常識だったから。

白のドレスを選ばなかったのは正解だが、その代わりに紫に変更したのは正解どころか不正解そのもの。

「社交界では紫なんてダメなんでしょうけど、今回は学園主催ですし」

（なるほど。計算ずくの選択というわけ）

貴族の集まる社交界では、紫は王族もしくは公爵の地位にある人間が着る色という暗黙のルールがある。リリー達が必ず紫を纏《まと》う必要はないが、他の爵位にある貴族なら、まず紫は選ばない。

しかしエステルは、差別はしないという方針を掲げる学園主催のパーティーであれば文句は言われないと考えているようだ。その思考に、リリーは呆れるしかない。

「紫はリリーが着る予定だ」

今年着る色は教えていないのになぜ言いきれるのかと恐怖さえ感じながらも、そこはあえて突っ込まず、リリーはエステルの傍に立った。

「この学園がいくら差別禁止を謳《うた》っていようとも、あなたが貧民である事実は変わりませんし、貧乏くさいあなたに紫が似合うとも思えませんけど。色にこだわる前に、着こなせるドレスがあるのかを心配した方がよろしいのではなくて？」

「クロヴィス様が仕立ててくださるので心配ありません」

「まあ、それは素敵。でも残念ですわね。わたくしも紫を着る予定ですの。きっとわたくしの方が注目を浴びてしまうと思いますから、先に謝っておきますね」

紫という意味のある色がかぶっているということは、リリーの口から伝えなければいけない。公爵家の娘である自分こそが着るべき色だとは思っていないが、今回のエステルの選択はあまりにも度が過ぎている。

「あ……」

また震えて泣くのだろうとリリーは鼻で笑う準備をしていたが、エステルの言葉は彼女の想像の上を行っていた。

「貧民出身の私と同じ色だなんて申し訳ないです。不愉快な思いをさせてしまうと思いますので、他のドレスに替えられた方がよろしいかと。リリー様ならきっとお似合いになるドレスがたくさんあると思いますから」

驚いた。自分は替える気はないからお前が替えろと言っているようなものだ。

「学園主催のパーティーでも、公爵位より下の人は紫を着てはいけないことになっているのですか？」

わざわざそれをクロヴィスに聞くところが本当にあざとい。

「いや、学園主催なら話は別だ。紫を着る者もいるかもしれないな」

「良かった！　とても素敵なドレスになりそうなんです！　楽しみにしててくださいね！」

学園の方針に従っているクロヴィスに聞けば、紫はダメだなどと言うはずがないと、エステルもわかっているのだ。

「感性の乏しい貧民のドレス、楽しみにしていますわ」

「リリー、そういう言い方はよせ」

「クロヴィス様、いいんです。リリー様は私のような者と同じ色を着るのが嫌なんです。当然ですよね、リリー様は公爵家のご令嬢なのですからプライドもあるでしょうし、紫を自分の色と思われるのも当然です」

わざと挑発するような言葉をかけてくるエステルの性根はやはりなかなかのものだと感心しつつ、リリーは顔がヒクつく前ににっこり笑ってみせる。

「クロヴィス様、わたくしはこれで失礼しますわ」

「指輪の話は後日」

「指輪？」

「……ええ、そうしましょう。ぜひ。それまでは他言無用でお願いしますわ。誰かに知られると、あっという間に噂が立ちそうですので」

昼の前で人差し指を立てたリリーに、クロヴィスは素直に頷く。

指輪など欲しくもないし、ましてやクロヴィスとその話をするなど全力で遠慮したいところではある。しかし、エステルが興味を示した以上はそれに乗らなければならない。

きっとエステルはリリーが去った後、なんの話だとクロヴィスに詰め寄り、指輪の話を聞き出すのだろう。そしてもはや婚約者でない相手に指輪の話などおかしいと捲《まく》し立てるはず。

それに対してクロヴィスが何を思い、何を口にするのかはわからないが、一応の釘は刺しておく。

あの融通の利《き》かない男がなぜここまで執着してくるのかは未だ理解できないが、それでもリリーはそれを利用させてもらうことにした。

「クロヴィス様、指輪の話ってなんのことですか？」

去っていく背中で聞くエステルの焦った声は、リリーの口元を愉快に歪《ゆが》ませた。

「ねぇ！　どうしたらいいの？　学園の方針がどうであれ、これまでのルールを重んじたい貴族が多いんだから、紫を着れば批難されるってことがなんでわからないの？　ここで私が紫を着ていけば、また彼女が責められるだけじゃない！　その状態で私がイジメて彼女がクロヴィスに泣きついても、貴族達は私に味方するに決まってる！　知らなかったなら仕方ないじゃないかって言うのは大体が力のない下級貴族だし！　あーもぉぉぉおおお！」

家に帰ったリリーは先ほどまでの愉快さなどどこへやら、部屋で喚《わめ》き散らしていた。

クッションを何度もベッドに叩きつけながら、エステルの理解不能な行動から容易に想像されるパーティーでの惨劇を思い、怒りが収まらない。

「本当に知らなかったなら私が嫌味を言ってもエステル様は可哀相なヒロインになるけど、知っててやるのはダメ！　責められて当然になるじゃない！　でもあの様子じゃ何を言おうと聞く耳を持たないだろうし！　わかる。わかるわよ。クロヴィスと並ぶのに相応《ふさわ》しい場所に立ちたいのよね。紫を着て目立ちたいのよね。そこは理解できる。理解できるけどぉぉおおお、ああああもぉぉおおおおお！」

あそこまで神経が図太いと逆に腹が立つ。

クロヴィスがエステルにドレスを仕立ててやる話はどうだっていい。しかし、真面目なクロヴィスに学園主催のパーティーなのだからと強調してドレスの許可を得るというのは、最初から全て計画の上だということ。そのことにもまた腹が立っていた。

可能なら今すぐ屋敷中の窓ガラスを割って回りたいが、一枚目を割ったところで使用人に取り押さえられ父親のところへ連行、更には見知らぬ相手との即時婚約が待っているだけだ。

仕方なく、枕に顔を埋《うず》めて叫ぶに留める。

「――ヒステリーは健在か。いいぞ」

後ろからの聞き知った声に、リリーは目を見開いて振り向いた。

「フレデリック、どうしてここに?」

「クロヴィスの機嫌が悪いから、まーたお前が何かしたのかと思ってな」

機嫌が悪いとは予想外。

「私が席を立った時には不機嫌からは程遠い感じだったけど?」

「ならエステル嬢か」

「でしょうね」

「しつこいからな、あの女」

「女ってそういうものよ」

「お前は違う。アッサリ、キッパリ、バッサリだ」

人をなんだと思っているんだと目を細めて眉を寄せると、フレデリックは謝罪を含めた降参ポーズを見せる。

「ドレスがどうのって喚《わめ》いてたぞ」

「聞いた。クロヴィスがデザイナーを呼んであげるんでしょ」

「お前は今年どうするんだ？　あのデザイナーは使えないんだろ？」

パーティーで着るドレスはいつも、モンフォール家お抱えのデザイナーにお願いしていた。しかしモンフォール家との繋がりが断たれた今、あのセンスの良いデザイナーは使えない。

「アネットが見つけてきてくれたから大丈夫よ」

「今年はどんなドレスなんだ？」

「あなた達が腰を抜かすようなドレスよ」

「へえ。そりゃ楽しみだ。腰抜かす準備をしとかないとな」

ふふっと笑いはしたが、アネットが選んだドレスは、リリー自身も腰を抜かしかけたデザインだった。本当にあれを着るのかとおののいているのだが、アネットが言った通り、のんびり悪役令嬢をしている時間はないかもしれない。父親が本気になって新しい婚約者を決めてしまえば、また相手に合わせた人間にならなければならないのだ。

楽しむなら今のうちと、自分に言い聞かせて覚悟は決めていた。

「エステル嬢はクロヴィスと行く気だぞ」

「いいんじゃない？　婚約破棄の場にも同席させたぐらいなんだから周囲も認めてるでしょ。それにモンフォール家のご子息様が一人で現れるなんて格好がつかないじゃない」

「公爵家のご令嬢が一人で行くのはかっこつかなくないのか？」

「私が一人な理由は皆わかってるわ」

フレデリックの言う通り、公爵家の娘が一人でパーティーに出るなど異常事態だが、今回は別。相手が見つからなかったのではなく婚約破棄されたのだから、むしろ一人で出るのが相応《ふさわ》しい。品のあるドレスに身を包んだエステルが、さも自分が王子の婚約者であるような態度で現れることは想像に難《かた》くない。

それを見て自分がどう思うのか、今のリリーにはそっちの方が想像がつかないでいる。

「俺が一緒に行ってやろうか？」

「護衛は？」

「騎士団が集まる。まあ、だからって俺らもずっと離れてるわけにもいかねぇけど、婚約破棄された可哀相な公爵家のご令嬢を、華麗にエスコートしてやるぐらいの時間は取れる」

「公爵家のご令嬢をエスコートさせていただく時間を取らせていただく、ではなくって？」

「騎士の正装をした俺にエスコートされる機会なんざ、二度とないかもしれねぇんだぞ？」

「腰を抜かすようなドレスを着た私をエスコートできる機会なんて、二度とないかもしれないわよ」

フレデリックの横柄な態度に、リリーはニッコリと笑う。

「あーはいはい、エスコートさせてください」

「よろしくてよ。光栄に思いなさい」

置いていた扇子《せんす》をわざわざ広げて高笑いをする必要はこれっぽっちもないのだが、フレデリックが嫌がるのでやってみせた。

「お前が言う腰抜かすドレスに合うかわかんねぇけど、一応これを渡しとく」

「……ダイヤの指輪？」

「モンフォール家からの贈り物はつけて行けねぇだろ？　宝飾品に興味ないお前がネックレス以外を持ってるとも思えねぇし。指輪もせずに行くつもりか？」

　机の上に置かれた小さな箱の中身は見ないでも察せられた。

　フレデリック・オリオールという男はクロヴィスと同じで有言実行者だ。回りくどいことはせず、チャンスがあれば一直線にそれを掴みに行くタイプ。小細工も戦略も彼の人生には必要ないらしい。

　一体いつからこれを用意していたのか、怖くて聞く気にもならなかった。

「お母様の指輪があるわよ」

　無理矢理押しつけられた趣味の合わない指輪が一つだけある。

　リリーは自分を飾り立てる宝飾品には一切興味がなく、パーティーなど必要な時にはいつもモンフォール家が、王妃が贈ってくれた物をつけていた。

　今回は渋々ながら母親の指輪をつけて行こうかと思っていたところにコレが贈られたのだから、肩を竦《すく》めざるを得ない。

「あなたがくれたダイヤの指輪をつけて、あなたにエスコートされて行くわけ？」

「俺が選んだドレスじゃないのが残念だが、その指輪を見たところで誰も俺が贈ったもんだとは思わねぇだろ」

それもそうだけど、と口ごもるリリーの手に直接箱を載せたフレデリックからは「絶対につけろ」という強い圧が感じられた。

ダイヤの指輪は、幼い頃に口にしただけの口約束だ。それを、成長した今叶えようとしているフレデリックの真面目さに、リリーは口元をほころばせる。

「当日は夕方には迎えに来るから、アネットに言っとけ」

「はいはい」

片手を挙げたフレデリックが帰っていった後、リリーはドッと押し寄せる疲れに背中からベッドにダイブした。手の中には小さな箱。リリーの大きな手にはじゅうぶん収まってしまうリングケースを眺めて、溜息を吐く。

(パーティーが平穏無事に終わるということはないわよね。必ずクロヴィスはこっちに来るだろうし、そこには必ずエステル様もついてくる。紫のドレスを身に纏《まと》い、学園主催であるのを良いことに、まるで貴族のように振る舞う姿が目に浮かぶ)

エステルは貧民街の出ではあるが、教養がないわけではない。頭の回転は速く、物事の判断も正確で素早い。何より、自分というものがわかっていて、周りを動かすにはどうすればいいのかを全て理解済みであることは恐ろしくさえ思えた。

「見習わないとね」

ずる賢くなければ生きてはいけない。女の戦いは力ではなく頭脳戦なのだから。

第二章

「……ねぇ、本当にこのドレスで行くの？」

「何か問題でも？」

「露出が多すぎない？」

「貴族の娘たちは皆このようなドレスを着ているはずですが？」

「そうだけど……」

前々から打ち合わせをしていたドレスではあったが、実際に完成すると妙に恥ずかしくなってしまい、リリーは不安げな表情を浮かべていた。

貴族の娘たちは皆、デコルテを見せるイブニングドレスを好んで着ているが、リリーは今まで一度だってこういった肌を出すドレスを着たことがなかった。

元踊り子のアネットは肌を隠すことの方がむしろ不思議らしく、若い間に出さずにいつ出すのかと、リリーが不安を唱える度に諭《さと》されてきた。

女は死ぬまでドレスを着るのだからいつだって出せるというリリーの言い分は、今回は全く聞き入れてもらえなかった。

「準備でき――」

「ノックをなさい」

ちょうど準備を終えた頃、フレデリックは遅れることなく迎えに来た。

アネットから回し蹴りを食らいそうになったのを避けつつ両手を挙げて『すみません』と謝り、その場で意味のないノックを三回鳴らす。

「つーか、おまっ……お前マジでそんなドレスで行くのか？」

「……ええ、似合ってるでしょ？」

「そういう問題じゃねぇだろ……」

フレデリックがリリーと目を合わせようとしないのは確実に今日のドレスのせいだろう。制服やこれまでのドレスと違って、今日は大胆に肌が出ている。

アネットが用意したのは、肩からデコルテにかけて大きく開いた、胸の谷間がよく見えるイブニングドレス。背中も肩甲骨のあたりまで開いていて、腰の細さがよくわかるデザインとなっている。

「クロヴィスがなんて言うか」

「婚約者でもない私が彼の顔色を窺《うかが》ってドレスを選ぶ必要はもうないの」

クロヴィスは肌を見せるドレスが嫌いだった。デコルテの出るドレスも嫌がったため、いつもハイネックなドレスを選んでいた。

昔の貴婦人はデコルテの美しさで競い合っていたというのに、男は何もわかっていない、と呆れながらもリリーが反論することはなかったが、それももう終わり。

今日を皮切りに、リリーはこれからはこういったドレスを着ると決めたのだ。

「お前、そんなに胸あったか？」

「上げてるの。それ以上この胸について口にしたら喉奥まで扇子《せんす》をぶち込んでやるから」

「りょーかい」

慎《つつ》ましやかと言っても過言ではないリリーの胸。持ち上げる程度にはあるが、ハッキリとした谷間を自然に作り上げるには少し足りなかった。大きな溜息をついたアネットが無理矢理寄せて上げてを繰り返して作られたのが今日の谷間。

普段小細工をしていないだけに不自然に思われるのも無理はないが、エステルと対峙《たいじ》する前からストレスが生じるため、これ以上の言及は厳禁だ。

「指輪ちゃんと着けてんだな」

「ええ、テーブル・カットの大きなダイヤだもの。これみよがしに見せつけてやろうと思って」

「自慢できる品だぞ」

四角いテーブル・カットのダイヤは大きく、手の大きいリリーにもよく映える。一度着けてみて似合わないようであればやめようと思っていたが、意外にもしっくりはまっていた。

口元をニヤつかせるフレデリックを喜ばせるのは癪《しゃく》だが、今回ばかりは彼の行動がありがたかった。

「ありがとう、ナイト様」

「どういたしまして」

決して安くはなかっただろうこの指輪。騎士見習いの給金何カ月分かと詮索したくなるほど立派な物を、なんでもないように贈ってくれたことに、素直に感謝の意を表した。

女が男に値段を聞くのは失礼にあたる。男も自分から値段を言ったり高かったことを匂わせるのは自分の品位を落とすことになる。だから、そのあたりのことをわかっている者は何も言わない。贈って終わり、感謝して終わり。

とにかく、今回ばかりは素直に嬉しかった。

「お手をどうぞ、お嬢様」

「リリー様と呼んでくださる?」

会場に到着し、馬車から下りる際、フレデリックが手を出して支えてくれる。クロヴィス以外にされるのは初めてで、婚約破棄されたのだと改めて実感し、思わず苦笑が漏れた。

「リリー様!」

「ごきげんよう」

「今日のドレス、とても素敵ですわ!」

「よくお似合いです!」

「皆さんも素敵なドレスですわ。わたくし、そういうリボンのついた可愛らしいドレスが似合わないので、その可愛らしさはとても羨《うらや》ましいです」

「そんなことありませんわ! ボリュームが少ないドレスって大人っぽくて素敵ですもの。これはまさにリリー様のためのドレスですわね」

女同士のお決まりの褒め合いに、フレデリックは溜息を吐きたくなるのを目を閉じて堪《こら》えているようだった。

「フレデリック様といらしたのですね」

「彼とは幼少期から共に育った姉弟のような仲ですので、エスコートをお願いしたんです」

「心配していましたのよ。リリー様がお一人で来られるようなことがあったらどうしましょうって。もしリリー様がお一人だった場合、わたくし達の輪に誘いましょうと話しておりましたの」

「まあ、ありがとうございます」

自慢話と他者への批判にしか興味がない集団の輪に入るのはまっぴらごめんだが、社交辞令として笑顔で感謝を述べる。傍に立つフレデリックに視線をやると、女の輪には入らないという意思表示のつもりなのか、目を閉じたままだった。

「では学長に挨拶をしてまいりますわ」

「また後で。ごきげんよう」

「ごきげんよう」

フレデリックが差し出した腕に手を添えながら中へ進むと、隣で大きな溜息が吐き出された。

「学校でのお前はあんな風に見えてる」

「……そう」

キャッキャと騒ぐ令嬢達のことだろう。馬鹿っぽいと言われる理由がよくわかったと納得はするが、変えるつもりはなかった。

普通にしているだけでは悪役令嬢っぽくないとの偏見と思い込みがあるリリーにとって、どんなに馬鹿っぽかろうがなんだろうが、悪役令嬢になりきることが大事だった。

「フレデリック様、ごきげんよう」

「ああ」

「今日のお召し物、とても素敵ですわぁ」

「とんでもない」

リリーと二人の時とは別人のように低めのボイスで淡々と対応するフレデリック。特に表情を歪《ゆが》めることも緩めることもないまま、クロヴィスの後ろで護衛をしている時と同じ無表情。二重人格かと疑いたくなる早変わりである。

声をかけてきた令嬢達は彼をそっけない男とは思っていないようで、これこそがフレデリック・オリオールだと騒いでいる。

「フレデリック様ってクールよねぇ」

（本性はクールとは程遠い男だと教えてあげたい）

しかしそれはそれで親近感が湧くと、喜ぶ令嬢は多そうだと肩を竦《すく》めた。

「リリー様、ごきげんよう。今日のドレス、とても素敵でお似合いですわ」

「ありがとう。リアーヌ様もとてもお似合いですわ」

リアーヌが身に纏《まと》う緑のドレスはリリー同様リボンは一切ついておらず、フリルと刺繍《ししゅう》だけのシンプルな、しかしその刺繍《ししゅう》が華やかで目を惹《ひ》くデザインとなっている。

さすがはリアーヌと、リリーはその美しさに感動していた。

「エスコートはフレデリック様ですのね」

「ええ、幼馴染《おさななじみ》ですから」

「羨《うらや》ましいですわ」

「無口な方なので助かりますわ」

ここはフレデリックのイメージを保つために、周囲が認識している彼の性格に合わせせることにする。しかし、リアーヌは不思議そうに目を瞬かせた後、ニッコリ笑った。

「リリー様といらっしゃる時はとても楽しそうにお話しされていたように思いますけど」

リリーの身体がギクッと強張る。二人でふざけている姿など誰にも見られていないはずなのに、一体いつ見られていたのか。

貴族達の間には暗黙の了解が多く、バラ園でも生徒達の席は決まっている。リリーはここ、リアーヌはここと、まるでその席を買い取ったかのように決まっていた。

リアーヌはバラ園の中央にある噴水近くの席を陣取っている。広いスペースもあって、シェフ達が苦労せず料理を用意できる場所だ。

リリーのいるバラ園の奥へ行くには一度外に出て別の道を通るしかないのに、なぜリアーヌがそこへ？　と疑問はあったが、今問い質すべき内容でもないため微笑むに留める。

「そういえば、エステル・クレージュのこと、聞きまして？」

「何かあったのですか？」

「クロヴィス様にドレスを仕立てていただいたそうです」

「それは本人から直接聞きましたわ」

「なっ……!?　悔しくないんですの？」

ズイッと顔を寄せるリアーヌの迫力に、思わずリリーの身体が一歩下がった。後ろに立っていたフレデリックにぶつかって振り向くが、表情は依然として変わらない。

「あの生意気な小娘のせいでリリー様は婚約破棄されましたのよ？」

「そうですね。ですがそれはクロヴィス様の心移りであって、彼女のせいでは――」

「いいえ！　あの小娘がそそのかしたに決まっていますわ！」

「だからそれを心移りと――」

「あんな図々しい女、見たことがありませんわ。恥知らずもいいとこ！　王子に媚《こ》びれば貴族になれるとでも思っているのかしら？　何か言うとすぐ男の陰に隠れて生まれたての仔馬みたいにブルブル震えるいやらしい女。あんな演技で騙《だま》される男も男ですわ。教養のない下級貴族にはあの程度の女がお似合いなのでしょうけど。オーッホッホッホ！」

(み、見事としか言いようがない悪態の数々。見習うべきはエステル様ではなくリアーヌ様かもしれないわね)

エステルの図太さを見習おうと思っていたが、意外にも手本はリリーの身近にいたようだ。バラ園での時も思ったが、リアーヌは悪役令嬢向きな性格をしている。

捲《まく》し立てた後の高笑いも、タイミング良く広げた扇子《せんす》も非常に様になっていた。

「私、彼女が嫌いなんです」

（見ればわかる）

逆にリアーヌには好きな相手などいるのだろうかとそっちの方が気になってしまう。

「それは……」

「男に媚《こ》びるしか能がないでしょう？　何かあれば男を使って、自分は苦労せず簡単にあれこれ手に入れてしまうではありませんか。クロヴィス様も手に入れて、今じゃリリー様よりずっとベッタリくっついていますのよ。はしたないとはまさにあのこと」

リリーがべったりじゃなかったのは淑女としての振る舞いに従ったのもあるが、リリー自身がそうしたくなかったから。

捨てられた者と選ばれた者が同じ学園にいる状況で、リリーは全てを諦めてしまったが、エステルはその後釜に収まるのに必死。頑張っているエステルが評価されるのはなんら間違ったことではないし、せいぜい頑張れとさえ思っている。

ただし、自分に何も仕掛けてこないのであれば、という前提付き。

もし向かってくるのであれば悪役令嬢として全力で叩き潰すと、覚悟は決まっている。

「あのクッキーも自分で踏み潰しておきながらあのような言い方。リリー様は私を止めるべきではなかったのですわ。そうすれば私がクロヴィス様に事実をお伝えしましたのに」

「もう関係ない相手にはどう思われてもいいんです。婚約破棄された立場で必死に弁明なんてみっともないですし。エステル様がわたくしの評判を落としてクロヴィス様のお心を掴みたいのであれば、そうされればいいと思っていますの」

リアーヌほど口が立つ者に任せると厄介なことにしかならなそうで遠慮した、あのバラ園でのことを鮮明に思い出した。

クロヴィスから性根の腐った女だと思われようと、事実どうだっていい。リアーヌに目を付けられる方が困る。王子に何を言われようと、リアーヌは他の従順な生徒と違ってクロヴィスに反論するのは目に見えていたから。

「そうですか？」

「前々から思っていたのですけど、エステル・クレージュに様付けなんて必要ないのでは？」

「そうですわ！　様付けするような地位にないのですから！」

「それはそうですが、学長が許さないでしょうし」

「あのような偽善者に怯える必要などありませんわ！　私、あの方の考え方が大嫌いですもの」

リアーヌにかかれば誰も彼も大嫌いになってしまうらしい。自分が嫌われる日も遠くないような気がして、リリーは苦笑する。

「リアーヌ様、何かお料理は召し上がりましたか？」

「いいえ、まだですわ。でも食べる気なんてありませんの。学長が手配したシェフなんて、恐ろしくて恐ろしくて」

差別反対を掲げる学長なら、下町からシェフを選んできてもおかしくないと思っているのが伝わってくる。リリーは、差別は存在すべきではないという学長の意見には賛成だが、今回ばかりはリアーヌの意見に賛成だ。

下町のシェフが悪いとは言わないが、それでもシェフが皆、純粋な心根の持ち主ではないだろうし、下心を持ってこの場にいてもおかしくはないのだ。

資金はじゅうぶんにある。それなのに並んでいる軽食が質素なものに見えたのも疑う理由の一つ。貴族の専属シェフであれば、与えられた資金を使って贅沢な食事を並べるはず。それなのに今日のパーティーは明らかに贅沢とは言えない内容だった。

「そういえば、エステル・クレージュのことですけど、今日のパーティーで紫――」

リアーヌが新しい情報を持ち出そうとした時、急に会場がザワつき始めた。

「クロヴィス王子だ！」

「エステル嬢が一緒なの？　信じられない！」

「ちょっと、あのドレス！」

二人の登場に、会場内のザワつきがさらに大きくなる。

「信じられませんわ……」

周りの生徒同様、リアーヌもそれきり言葉を失って口を押さえた。その視線の先にいるのは、当然このパーティーで主役の座を勝ち取りたいエステル。

「む、紫を着ているだなんて！」

はったりではなく、本当に紫のドレスを着ている。だが、驚いたのはそれだけではなかった。

「あのドレス、リリー様と同じじゃ……」

全く同じではないが、エステルのドレスはリリーのそれとよく似ていた。違うのは胸の谷間が出ないよう、鎖骨の下辺りまでドレスで隠されていること。リリーよりも立派な胸は遠目にも目立ち、少し腕で寄せるだけでよく動く。

「あんの小娘ッ！　絶対許せませんわ！」

「リアーヌ様、どうぞ落ち着いてくださいませ」

「落ち着けですって？　これがどうして落ち着いていられますの？　紫は公爵家の色！　リリー様がお召しになる色だと決まっているのに、あの小娘は恥知らずにも紫を着ているんですのよ？　憎たらしくありませんの？」

宣言はされていたものの、本当にやってのけるその神経にリリーは驚いていた。

だが問題は色ではなくデザイン。これはアネットがデザイナーと共に考えた唯一無二のドレスで、リリーのために作られたものだ。それをどうやって似せたのか。

「クロヴィス様もクロヴィス様よ！　見損ないましたわ！」

エステルが紫を着ているということは、クロヴィスがそれを認めたということ。さすが、婚約者を捨ててまで選んだ相手ならそれさえも許可するのかと、感心してしまう。

結婚するつもりかどうかまでは知らないが、まだ正式な相手でもないのに紫を着せるなどクロヴィスの評判まで落ちかねないのに、何を考えているのか疑問だった。

実際にリリーの隣では、リアーヌがクロヴィスに失望している。

「ああいう女だ」

「クールにしてて」

フレデリックが前屈みになってリリーに耳打ちをするも、リリーは指先でそれを追い払う。

「こっちに来るぞ」

カツカツと音を立てながら寄ってくるクロヴィスの顔は不機嫌そうで、このまま顔を合わせるのが嫌になった。今すぐ背を向けて逃げ出すことも考えたが、リアーヌがそれを許さないだろう。

隣で鼻息荒く彼を睨み付けている様子を見るに、文句の一つでも言おうと考えているに違いない。

クロヴィスの腕に手を添えて婚約者気取りのエステルに微笑を向けると、リリーに返ってきたのはなぜか勝ち誇ったような笑みだった。

「リリー」

不機嫌な顔に相応《ふさわ》しい不機嫌な声。

「なぜそんな下品なドレスを着ている？」

「このドレスが何か？」

「お前にそんなドレスは似合わん。肌を見せるな」

リリーは婚約破棄をされてからどうにもクロヴィスに腹を立てることが多くなった。

クロヴィスはもう婚約者ではないのだから、何かにつけて口出しされるいわれはない。それなのに、クロヴィスは品定めでもするようにリリーの上から下まで視線を這《は》わせ、不愉快そうな顔をする。それを見ているリリーの方が不愉快になっていることなど気付いてもいない。

「それになんだ、その指輪は」

「フレデリックが贈ってくださいましたの」

「……貴様、何を考えている」

「リリー様が指輪を持っていないとおっしゃるので贈りました。何か問題でもありましたか？」

公式の場での落ち着いた態度を貫くフレデリックをクロヴィスが睨むが、効果はない。

「そんな安物を身に付けるなど恥ずかしくないのか？　お前は俺の婚約者だった女だぞ。モンフォール家に選ばれた――」

リリーは淑女を気取っているが、本来は淑女とは程遠い性格をしている。悪い言葉だって知っているし、アネットがいなければだらしない生活を送るだろう。

クロヴィスの前で淑女を装っていただけなのに、本人がそれに気付いていない。だからこその発言だとわかってはいるが、これ以上は我慢ならなかった。

「――キャアッ！　クロヴィス様！」

パンッと乾いた音が響き、静まり返った会場にエステルの悲鳴が響いた。

「クロヴィス様になんてことを！」

クロヴィスにしがみついて怒鳴るエステルとは目を合わせず、リリーは真っ直ぐにクロヴィスを見つめていた。

「恥知らずなのはあなたですわ。何度も申し上げている通り、わたくしとあなたはもう他人です。それなのにいつまで経ってもあなたは婚約者気取り。あなたから婚約破棄を言い出したのでしょう。これはわたくしの事情を知るフレデリックがわざわざ用意してくださった物。それを値段でしか価値を測れないあなたこそ、恥を知りなさい！」

リリーがやってしまったと思ったのは全て言いきった後。周りの生徒達や教師さえ固まったまま動けず、二組の男女を恐々と見ているだけ。

しかしリリーの中に後悔はなかった。一回言ってわからないのであれば何度でも言う。二人きりだろうと大勢の前だろうと、関係ない。

「どういうおつもりですか？　クロヴィス様に手を上げるなんて許されませんよ！」

とはいえ、手を上げたのがさすがにマズイことはリリーもわかっていた。言葉でやられたのなら言葉でやり返すべきなのは子供でも知っている。

これが父親の耳に入れば、間違いなくリリーは勘当されるだろう。

「あなたこそ何様のつもり？　反差別主義を掲げる学園主催のパーティーなら、紫を着ても許されると、本当に思っていますの？」

「学園長は素敵だと褒めてくださいました」

「貴族の間には暗黙のルールというものがあって、爵位によって着られる色が決まっていますの。あなたのような貧民が紫を着て貴族の真似事だなんて笑わせますわね。せいぜい黄色がお似合いでしょうに」

この国では黄色は卑《いや》しい色だと言われ、誰も好んで着たがらない。

叩いてしまったものは仕方がない。リリーは開き直ることにした。社交界やパーティーは悪役令嬢にはうってつけの場だ。

ここで良い生徒を演じてまた学園で小競り合いをしたところで、自分の納得のいく悪役令嬢にはなれない。それならもう、取り返しのつかない今の状態に乗っかるしかなかった。

「私が貧民街の出だから黄色が似合うとおっしゃられるのですか？」

これはもう全面的に対決するしかない。

エステルがただのか弱い女であれば策を練ろうと思っていたけれど、全て計算で動いているとなると話は変わってくる。

エステルのやり方はリリーを悪役令嬢としてステップアップさせてくれるものではなく、ただの公爵令嬢に戻そうとするものだ。気に入らない。でも悪役令嬢を貫くためにエステルのやり方を認めて利用してしまえば自分まで腐ってしまうと、リリーは背筋を正した。

「いえ、あなたがどこの出であろうと関係ありませんわ。わたくしはあなたが卑《いや》しい人間だから、黄色が似合うのではと言ったのです。貧しい出の方が全て卑《いや》しいというような捉え方をする時点で、醜《みにく》いコンプレックスが見えてますわよ」

「私は卑《いや》しくなどありません！」

「紫がどういう意味を持つ色かを知りながら、学園主催なら大丈夫だと選んだのは卑《いや》しくないと？黄色がどういう意味を持つか知りながら、貧民という言葉に直結させるのは自分が卑《いや》しいと認めているようなものではありませんの？」

誰も黄色がどういう色かをわざわざ口にはしないのに、エステルはリリーが〝黄色〟と言っただけで〝貧民〟という言葉に繋げた。

（私を差別主義者に仕立て上げたいのね）

貧しさを知らない公爵家の娘は貧民を差別するのだと、大勢が集まるこの場所で認めさせたいのだろう。悪役になるにはうってつけの舞台が用意され、本来なら喜ぶべきなのだろうが、エステルに誘導されて悪役令嬢になったところで、それはリリーが望む悪役令嬢ではない。

これに便乗してもリリーは理想の悪役令嬢にはなれず、自分の品位を地に落とす代わりにエステルをクロヴィスの正妻へと近づけるだけだ。

リリーは悪評を受ける覚悟で悪役令嬢を目指しているのに、エステルは自分は何も失わないまま人を陥《おとしい》れ、それを踏みつけ成り上がろうとしている。

(そんな甘い人生あるわけないでしょ)

エステルがそんなやり方をするのであれば受けて立とうじゃないかと、リリーは盛大に鼻を鳴らした。

「学園の方針では貧しき者にもチャンスが与えられるべきだとあります。その言葉に従うのであれば、私にも紫を着るチャンスが与えられても良いということでしょう?」

「チャンスは与えられてもいいでしょうけど、それをどこで掴むのか、そこに人間性が出ますわね」

貴族間の上下関係は大きい。それを破ってしまうと没落の危険性もあるくらいだ。だがエステルは貧民街出身であるが故に上下関係など気にもしない。

これ以上落ちる場所はなく、上がるしかない状況で、弱さなど必要ないのかもしれない。

「……公爵家のご令嬢がそのようなドレスを着ることを恥ずかしくは思わないのですか?」

絶対に何か言ってくると思っていた。

「公爵家の娘ともあろう方がそのようなお召し物を着られるなんて、驚きました。もっと品のある格式高いドレスを着られるのだとばかり思っていましたから」

元踊り子のアネットは更に露出度の高いドレスを選ぼうとしていたことを思い出し、こっちに変更して良かったとリリーは心底思った。父親にも見せずに決めたドレス。見せようものなら、父もまたクロヴィスやエステルと同じことを言っただろう。

「公爵家の娘がこのドレスを着てはいけないと言うなら、貧民のあなたはなぜ堂々と紫を着ているのかしら？　公爵家の娘という言葉を使うなら、貧民であるあなたこそ分を弁《わきま》えてはいかが？」

一瞬、ほんの一瞬だけエステルの表情が変わったのを、リリーは見逃さなかった。おっとりとした可愛らしい普段の表情からは想像もできない悔しげな顔は、悪魔のように恐ろしかった。

これが彼女の本性だと確信して、リリーはニッコリ笑ってみせる。

「やめろ。見苦しい。そんな品性の欠片《かけら》もないドレスで場を穢《けが》すな。さっさと去れ」

「わたくしはわたくしの意思で退場いたしますのでお構いなく」

リリーの言葉にクロヴィスの目つきが変わった。これはマズイと汗が噴き出すほどの鋭い目つきには苛立ちが含まれていて、リリーは思わず口を閉じる。

「俺を怒らせたいのか？」

「……いいえ」

「だったら今すぐここから去れ」

隣でエステルがクスッと笑っているのが見えた。

この場で頭を下げて立ち去るのは簡単だが、その笑みを見てしまった以上は、リリーはこのまま立ち去るわけにはいかなかった。自分はエステルのために悪役令嬢になるのではない。自分のために悪役令嬢になるのだ。

リリーはそっと顔を伏せた。

「……クロヴィス、私はあなたの気持ちがわからない。一方的に突き放したのはあなたなのに、今でもあなたは私の前に現れる。私がどんな気持ちでいるかも知らないで……」

胸元で手を握りしめたまま声を震わせる。震える唇を噛みしめ、鼻をすってから顔を上げ、涙を見せた。口調を作らず本来の話し方、クロヴィスが望んでいた対等な言葉遣いで。

「辛くないとでも思った？　生まれた時から決まってたあなたとの結婚を一方的に、理由も言わずに解消された私の気持ちなんて、考えたこともないでしょ。この指輪を着けてきたことをあなたは責めるけど、元婚約者からのプレゼントを未練たらしく身に付けてパーティーに出られると思う？　私はそんなに馬鹿じゃない。あなたがエステル様を選んだのなら、私が持っている物は全てエステル様に譲るわ……」

「ふざけるな」

「もう婚約者じゃない私には、あなたがくれたネックレスも指輪もイヤリングもブレスレットも……あのブローチだって……もう、私は身に付けることができないのよ、クロヴィス」

一粒二粒と流れる涙と共に訴えるのは、自分には相手が贈ってくれた装飾品を付けることができないということ。本当は婚約破棄が辛かったのだと顔を覆《おお》って身体を震わせると、クロヴィスがリリーの名前を呼んだ。

怒気の含まれていない声にリリーが再び顔を上げると、なぜかクロヴィスの方が苦しげな顔をしていた。

（は？　なんでアンタがそんな顔してんのよ）

今日の演技は女優級だと自分を称賛した上でこれからの舞台を作り上げるはずだったのに、クロヴィスの表情を見て涙が止まってしまった。

「俺はあの時――」

「リリー！」

クロヴィスが何かを言おうとした時、リリーがよく知った声が怒声となって会場に響く。

「おとうさ――ッ！」

驚いて目を見開き、なぜここにと問いかける間もなく、リリーの顔は父親の手によって横を向かされた。乾いた音と共に強制的に向かされた方向には大勢の生徒がいて、口をぽかんと開いていたりそれを手で覆《おお》ったりしている者がほとんどだった。

「帰るぞ。お前のような馬鹿娘にはこの場所にいる資格などない！」

「ブリエンヌ公爵！　お待ちください！　これには事情があるんです！」

「フレデリック、お前が娘から何を聞かされたか言われたかは知らんが、金輪際、娘には近付くな」

「お父様痛いっ」

いつから見ていたのか、腕を掴む力は怒りを纏《まと》ったように強く、振り解こうにも振り解けない。振り返った時に見えたクロヴィスの驚きの顔も、フレデリックの悔しげな顔も、エステルの勝ち誇ったような顔も、この瞬間はそのどれに対しても何も感想を抱けなかった。

一番怒らせてはならない人物を怒らせてしまった危機感だけが、リリーを支配していた。

「お前は娼婦にでもなったつもりか！」

家に連れ戻されると、父親の部屋でもう一度頬をぶたれた。手加減のないビンタに頬がジンジンと痛み、熱を持っているのがわかる。

「これは正式なイブニングドレスよ！」

「嫁入り前の娘が大勢の男の前で肌を晒《さら》すのが娼婦でなければなんだと言うんだ！」

「貴婦人達はデコルテの美しさを競い合っていたのをお父様も知ってるでしょ？」

「そんなものは都合のいい解釈だ！　男を誘うために作られたドレスを着るなど、婚約破棄されたショックで頭がおかしくなったか？」

仕事机の上のインク瓶がリリーに投げつけられる。衝撃はドレスが受け止めてくれたが、蓋《ふた》が開いていたせいでインクがベットリとつき、このドレスはもう二度と着ることができなくなってしまった。

「ましてや王子に手を上げるなど、お前はいつからそんなに偉くなったんだ？」

「それは……」

フレデリックから贈られた指輪に気付かれればきっとこの指輪も取り上げられてしまう。安くはないだろう気持ちのこもったこの指輪を、父がクロヴィス同様、安物だと馬鹿にするだろうことは容易に想像がついた。だからリリーは口を噤《つぐ》み、手を重ねて指輪を隠す。

「やはり早急に決めなければならないな」

「何を？」

「婚約者に決まっているだろう。クロヴィス王子のような男はおらんだろうが、それに近しい者を見つけてくる」

「私はまだ結婚したくない！」

リリーの抗議に、父親がカッとなったのが見てとれた。しまったと思った時にはもう遅く、恐ろしい表情をした父親の大きな手のひらが振り下ろされ、衝撃を感じた時にはもう、リリーは反論する気力を失った。

悲鳴も、涙も、言い訳も、抵抗も、何もなく、再び口を開こうとはしなかった。

そこから父親が何を言っていたのか、いつ解放されたのか、どうやって部屋に戻ったのかも覚えていない。覚えているのはベッドに横になった時、父親専属の若いメイドがやってきて制服を回収したことと、学校には行かなくていいとの父の伝言を聞いたことだけだった。

部屋で軟禁状態になってから一週間が経った。

リリーは家の外に出ることも許されず、部屋に引きこもって本ばかり読んでいた。それしかすることがなく、それしか許されず、話す相手といえばアネットだけ。

アネットの話によると、父親は今も娘の婚約者探しに躍起《やっき》になっており、まだリリーを許していないらしい。

婚約者ならまだしも、婚約破棄された娘がモンフォール家の跡取りに平手打ちをするなど言語道断だと、貴族達の間でも批判が上がっているとか。

ブリエンヌ家が公爵のままでいられるかどうかもわからない、とそこまで噂は広がっていた。

「どうしてこうなるんだろ……」

悪役令嬢など、本の中の世界だから面白いのであって、実際にそんな人間になってしまえば問題が多発するに決まっている。他人事だから面白く読めるのであって、自分の身に起これば『がんばれ』などと応援できるわけがない。

少し考えればわかることだろうに、小説と同じような状況に陥《おちい》ったことに興奮して現実が見えていなかった。

婚約破棄を言い渡された時に泣いて縋《すが》りついていたら、きっとクロヴィスは呆れたことだろう。いや、泣くなど思いつきもしなかったのだから泣くのは無理だが、せめて笑わずに大人しい顔で受け入れていれば今とは違ったはず。

今となっては変えようのない過去に後悔を抱きながら、何度目かわからない溜息を吐き出した。

そこへ、花瓶の水を替えに行っていたアネットが戻ってくる。

「フレデリック様が来ていましたよ」

「もういいって言ってよ」

「言っていますが、明日も来るそうです」

「毎日毎日バラ園からバラ盗んできてどうすんのよ」

毎日一輪ずつ増えていくバラは、街の花屋で買ってきたものではなく明らかにバラ園のもの。セドリックなら花屋まで行って一輪ではなく花束で買ってくるのだろうけど、フレデリックはそういうタイプではない。

「旦那様に謝られてはいかがですか？」

「なんて？　イブニングドレスを知らない無知で愚かなお父様、馬鹿娘は娼婦ではなく悪役令嬢になりたかったんです、ごめんなさいって？」

「それも良いかと」

「余計に殴られるじゃない」

あの痛みは今も忘れられない。父親はもともとヒステリーではあるが暴力的な人間ではなかった。

今回のことはよほど腹が立ったのだろう。

当然だ。モンフォール家を怒らせれば自分達の地位も危うくなってしまうのだから。

神に生贄《いけにえ》として捧げた自分の娘が直前になって逃げ出せば誰だって怒り狂う。父親は今そういう状況なのだ。

「でも良かったではありませんか」

「何が？」

「ずっとおっしゃってたでしょう？　引きこもって本を読み耽《ふけ》りたいと」

「一日はね。もう一週間よ。退屈だわ」

忙しい時は休みたいと思うし、休んだら休んだで動きたいと思う。

人間がいかにワガママで贅沢な生き物か、よくわかった。

「今日は夜更かしせずに寝てくださいね」

「わかってる」

「お肌、酷《ひど》いですよ」

「嘘っ？」

「嘘です」

「もうっ」

「本当にそうなってしまう前に健康的な生活にお戻りください」

静かに閉められたドア。一人きりの空間。

アネットの言いたいことはわかっていた。この一週間、あまり眠れていない。毎晩、少し眠っては目が覚める。自分がしてしまったことへの後悔で、眠ることができないのだ。

だが、最も悔やんでいるのは自分がクロヴィスにした発言。最後まで話すことができていれば、泣いたことも全て嘘だと高笑いするつもりだったのに、きっとあれが本心として受け止められているだろう。

エステルに対抗する策として涙を使うのは悪くないと思ったのだが、まさか父親が来て連れ出されるとは思っていなかったため、中途半端になってしまった。あれではただ女々《めめ》しいだけ。悪役令嬢でもなんでもない。

「最悪……。大体あそこで責めきれなかったのはクロヴィスがあんな顔してたせいよ。何よ、あの被害者みたいな顔。アンタは加害者でしょうが。被害者は婚約破棄された私。辛そうな顔してんじゃないわよ」

悪役令嬢らしくないタメ口のせいで、余計に本心のようになってしまった。外にも出られないのでは訂正にも行けない。手紙を贈るのもなんだかおかしい気がして、今のところ打つ手はない。

「ぁあぁぁあああああ！　どうしよう！　クロヴィスもどうしようだし結婚もどうしよう！　彼女は今頃ニヤついてるんでしょうね！　私に勝ったと思ってるんだわ！　ざまあみろって舌を出してるに違いない！」

エステルの勝ち誇った顔を思い出しては腹が立つ。

父親があの場面を見ていたようだから、誰の目から見てもリリーは罰は免《まぬか》れない。そんなことは貴族の娘じゃなくてもわかること。

ましてやあの父親の様子では特に怒られはしなかったなどと嘘をつくのも不可能で、リリーは八方塞《ふさ》がりの状態に髪を掻き乱して叫んだ。

――コンッコンッ。

ノックの音がしたがドアの方からではない。ドアからなら続いて呼びかける声が聞こえるはず。

――コンッコンッ。

間違いなくノックの音。そしてそれは、リリーの後ろから聞こえていた。

「窓？　フレデリックが石ぶつけてるんじゃ――」

フレデリックはアネットにバラを届けて帰ったはず。しかしリリーが心配だからとまだ家にいたのかもしれない。

「リリー」

「キャアアッ――ンンンンンッ？」

「静かにしろ」

窓を開けた瞬間、ヌッと近づいた顔にリリーは悲鳴を上げた。

けれどそれもその人物の手によって塞《ふさ》がれる。

「ンンンンッ？」

「これから手を離す。声を上げるな。いいな？」

デジャヴを感じながらも頷くと、手が離された。それと同時に一瞬で距離を取る。

「クロヴィス！　あなた、ここで何してるの？」

クロヴィスが窓の傍に生えている木に登って窓をノックしていたのだ。

「お前が来ないからこっちから会いに来た」

「休学中なの知ってるでしょ？」

何を言っているんだと頭痛を覚え、リリーは眉を寄せる。

今までクロヴィスの性格についてどうこう言うことはなかった。慣れていたし、口に出して言うほど相手に興味もなかったから。だが、こうして改めて向き合ってみると言わずにはいられない。

「あなたってイカレてる」

「子供の頃、この木に登って落ちたことがあったな」

（この状況で唐突に思い出話？）

「お前がフィルマンに叱られて外出禁止を言い渡され、今のように軟禁されていた」

（待って待って待って待って。なんで普通に話をしてるの？）

「お前は昔から怒られるようなことばかりするからな。俺が木から落ちたのは、お前が俺を引っ張ったからだ。早く部屋に入れと引っ張られたせいで、この隙間から落ちた」

懐かしむように柔らかい表情を見せるこの男が一体何を考えているのか、リリーには全くわからない。

「今は落ちる心配をする必要もない。俺も成長した」

木の幹を背もたれに太い枝に腰かける姿は、小説の挿絵などでよく見る光景。小説の中のイケメンにしか許されないはずの行動も、クロヴィスなら絵になってしまうのだから嫌味なものだ。

「何をしに来たのか聞いても？」

「会いに来たと言っただろう」

「なぜ?」

「お前が学校に来ないからだ」

「行けないの」

「だから俺から来てやった」

壁と話している方がよっぽど楽だと思った。

立てた片膝の上に腕を乗せて、まるで夜を満喫しているとでも言いたげなその姿は、なんとも腹が立つ。

「入ってもいいか?」

「ダメ」

夜に女の部屋を訪ねて中へ入り込もうとするこの常識外れな男が未来の王で大丈夫かと、心配になった。

「俺からフィルマンに話をしよう」

「やめて。余計に話がおかしくなる」

「なぜだ?」

「私、もう結婚するの」

まだ相手は決まっていないが、それも遠くないだろう。写真でしか顔を知らない、いや、もう写真さえ見ないままに結婚が決まるのも時間の問題。

「相手は誰だ?」

クロヴィスの声が低くなって、不機嫌もあらわな目つきでリリーを見る。

「知らない。お父様が決めるんだもの。私には選択権も拒否権もない。お父様が選んだ相手と結婚するだけ。卒業を待たずにね」

本来であればリリーの父は娘の婚約者探しなどする必要もなかったのだ。適当なサロンに出掛けて『うちの娘は王子の婚約者で』と自慢していれば良かったのだから。

それが今はサロンにも出かけられない状況となってしまった。それについては少し申し訳なく思うが、文句ならクロヴィスに言ってほしいとも思っている。

「嫌なら断れ」

「断った。断ったら殴られた。手加減もなく思いきりね。私があなたを叩いたよりもずっと強い力で」

父親に叩かれた時に響いた音は、リリーがクロヴィスの頬を叩いた時よりもずっと重い音だった。その音が衝撃を表し、痛みとなってリリーを襲った。

まさか父親に本気で殴られる日が来るとは想像もしていなかっただけに、ショックも大きかった。

「俺が断ってやる」

「どうしてあなたが断るのよ」

「お前が結婚したくないと言うからだ」

「そうじゃなくて、どうして私のためにあなたが動くのって聞いているの」

いつまでこんな風に異常な行動を続けるつもりなのかと、リリーはクロヴィスの申し出にかぶりを振る。

捨てたごみをいつまでも気にかける者などいない。けれどクロヴィスはなぜか立場を逆転させて、捨てられたことに気付かずひたむきに飼い主を追いかける子犬のようにリリーに付きまとっている。

「俺と別れたことを後悔しているんだろう？」

(別れた？　婚約破棄を別れたって言ってるの？)

自分達の関係は「別れた」という言葉で済ませられるほど軽いものではなかった。クロヴィスの言い方は王子と公爵令嬢の婚約破棄を表すものではなく、自分達が責務もなくただ恋愛感情で付き合っていただけの恋人同士だったように聞こえた。

「私、今凄《すご》く困惑してるの。だから暴言吐いたらごめんなさい」

「ああ」

「いい？　私達は性格の不一致で別れたわけでも、価値観の違いで別れたわけでもない。あなたが理由も告げずに、一方的に、私との婚約を解消したの。あなたは私を捨てた。公爵家の娘から貧民街出身の娘に鞍《くら》替えしたのよ。おわかり？」

(別れたなんてキレイな言葉で片付けるつもりなら絶対に許さない)

捨てた方はいい。気持ちがなくなったからサヨナラ、で終わりにできる。

だが捨てられた方はそうもいかない。あんなやり方をされては尚更だ。

「あの時はああ言ったが――」

「あーあーあー、待って。もし婚約を解消したことをあなたが後悔してて撤回しようと思ってるなら、冗談じゃない」

「なぜだ？」

クロヴィスは、リリーの疑惑を信じられないぐらいアッサリと認めた。付きまとってくる時点でおかしいと思っていたのだ。

普通はあの場面でリリーが笑ったことに嫌味を言うか、見せつけるようにエステルとイチャつくかのどちらかだ。後者はクロヴィスの性格上ありえないとしても、前者なら、気が済んだらリリーを透明人間のように無視したはず。

それなのにクロヴィスは翌日から毎日リリーの前に姿を見せた。『話がある』という、内容のない用事を作って。

まさかと思っていたことが真実となった今、リリーはクロヴィスという男に呆れずにはいられなかった。

「クロヴィス、あなたにも立場があって、私にも立場がある。私とあなた、二人しかいない部屋での話だったなら、もしもがあったかもしれないけど、あなたは大勢の前で私に婚約破棄を言い渡した。それを今更なんて言って撤回するつもり？　あれは気の迷いでした。本当はまだリリー・アルマリア・ブリエンヌとの婚約を続けたいですとでも言うの？」

「それが正しい言い方ならそうするが」

（こんなに馬鹿だったなんて……）

クロヴィスは馬鹿ではない。むしろ聡明すぎるほどだ。しかし、今はそれを疑い、訂正したくなるほどの失望をリリーは感じていた。その気持ちを隠そうともせず大きな溜息を吐く。

「撤回はできないし、もう二度とあなたの婚約者にもならないし、なれないし、なりたくない」

「王妃になりたくないのか？」

「私が馬鹿女ならその言葉で釣れたでしょうね」

「お前以外に誰がなると？」

（はぁぁぁぁああああああ？　捨てた本人が何言ってんの？）

あの時のように頬を叩いてやりたくなった。

「フィルマンも喜ぶだろう」

「それは……」

再び婚約できたと知れば父親は泣いて喜ぶだろうが、そう簡単に喜ばせてたまるかと、リリーは顔をしかめる。今では一週間前の暴力などなかったように振る舞っている気分屋な父親の喜ぶ顔を見るぐらいなら、遠い辺境の地に嫁《とつ》いで二度と顔を合わせない方がマシだとリリーは肩を竦《すく》めた。

「浮気性の男は嫌いなの」

「浮気はしていない」

「じゃあ私を捨てた理由を簡潔に五十文字以内で話してちょうだい」

ハッキリと聞いていなかった理由を聞くなら今しかない。ここなら誰の邪魔も入らないのだから。

「婚約を破棄したのはお前が笑顔を見せなかったからで、撤回したいのはお前が笑顔を見せたからだ」

しっかり五十文字以内で収めるところが憎らしい。

言っている言葉は理解できても、この男の考えが理解できず、リリーは混乱していた。

「お前は今まで笑わなかっただろう」

「笑ってた。あなたの前で笑わなかっただけ」

「そうだな。それでお前を傍に置いておくのが少し辛くなった」

「今、自分がどれだけ幼稚なこと言ってるか、わかってる？」

「なっ？」

婚約破棄を申し出た相手から『辛い』という言葉は聞きたくなかった。そんなくだらない感情で親同士が決めた結婚を破談にするなどあまりにも浅はかで、完璧・潔癖・鉄壁だと思っていた幻想は一気に崩れ、今やリリーの中でクロヴィス・ギー・モンフォールは【幼稚な男】となった。

「お前が俺に関心を示さなかったからだ」

「私のせいにするつもり？　あなただって笑わなかったじゃない！」

「笑う話題などなかっただろう」

「私も同じなの！」

「女は好きな男の前ではニコニコしているものだ」

「はぁぁあああああ？」

女性への夢に溢れた考えに、リリーは唸《うな》りにも似た声で不満を訴えた。

「ねぇ、悪いけど、私はあなたを好きだと思ったことは一度もない」

「……寝言か？」

「誰かさんのせいでまだ寝てないのよ」

「ならなぜ俺と結婚するんだ？」

「親が決めたからよ！」

クロヴィスの驚いた顔を見るのはこれで二回目。そして今、リリーも驚いていた。

リリーはクロヴィスも自分と同じだと思っていた。興味があるのは政治だけで、それを欠片《かけら》ほども婚約者に向けるつもりはないのだと。

「俺は違う。お前を想っていた」

「そんなこと一度も言われたことはないし、感じたこともない」

「婚儀の際に誓うだろう」

クロヴィス・ギー・モンフォールにとって愛の言葉は普段から口にするものではないようだ。婚儀の際に強制的に誓わされる言葉こそ愛の言葉だと思っているらしい。

「私があなたの傍で笑わなかったから不安になって婚約を破棄したの？」

「ああ」

「嘘つき。エステル様に心移りしたからでしょ。正直に言いなさいよ」

「……そうだったかもしれない……。あの瞬間までは」

人と話しているだけでこんなに疲れるのは初めてだと、リリーは額に手を当ててすぐ傍の椅子に腰かけた。

「そもそも私が笑ったからなんだって言うの？　私の笑顔は別に特別じゃない。笑顔ぐらい見たことあるでしょ？」

「俺に向けられるものは特別だった」

子供の頃はクロヴィスに多くの感情を向けていた。笑ったり怒ったり泣いたり。

成長するにつれてクロヴィスが忙しくなり、お互いの交流が減ると、それも減っていった。怒ることも泣くこともなくなり、彼に最後にあんな風に笑顔を向けたのはいつだったか、リリー自身思い出せない。

「……あの時も言ったけど、あなたが何を考えてるのかわからない」

天下のモンフォール家長男があれだけ盛大に婚約を破棄しておいて、舌の根も乾かぬうちにそれを撤回するなど、認められるはずがない。

そもそも、クロヴィスが撤回したとしても、父親であるジュラルド王がそれを許さないだろう。

「お前の笑顔は幼い頃から俺の光だった」

「や、やめてよ」

そういう言い方をされると全身がむず痒《がゆ》くなる。

小説でヒロインが王子から言われるのを読むと悶《もだ》えるほど胸がキュンとするのに、自分が言われるとうすら寒く感じた。

「だが、結婚など俺以外とは考えられないだろう？」

「どこの泉からそんな自信が湧いて出てくるの？」

（考えられないのはそっちでしょうに、なぜ当然のようにそれを押し付けられるの？）

自分が「頭痛が痛い」とでも言うような人間なら、この会話も楽だったかもしれないのにとリリーは疲れた顔で首を横に振る。

「とにかく、婚約破棄は撤回する」

「結構です。あなたと縁が切れて私は幸せだもの。まだ上手くいってないけど」

「モンフォール家の嫁になれたら幸せだと言っていたのは嘘だったのか？」

「その女々《めめ》しい台詞《せりふ》やめてよ！　あなたはそんなこと言うタイプじゃないでしょ！」

リリーの中でクロヴィスは王子役。エステルがヒロインで自分は悪役令嬢。

王子様がそんな女々《めめ》しい台詞《せりふ》を吐くのではヒロインも萎《な》えてしまうだろう。

イメージも作戦も壊れてしまいそうで、リリーは大袈裟なほど手を振ると、それ以上喋《しゃべ》らないでとクロヴィスを制した。

「モンフォール家の嫁になりたいかって聞かれると、答えはノーよ。オレリア様のこともジュラルド様のことも大好きだったけど、今のあなたには心底失望してるの。できればもう二度と関わりたくないぐらい。エステル様のことも嫌いだし……まあ、必要ではあるけど」

「なんの話だ？」

「と、とにかく、私の中のクロヴィス・ギー・モンフォールはもっと厳格で自分にも他人にも厳しい男なの。でも本当はちゃんとした優しさを持っていて、ヒロイン……ンンンッ！　もとい、エステル様にだけ優しく接するの。私に対しては通り過ぎ様に嫌味を言ったり、私の目の届くところでは常にエステル様を連れ回してたりね」

　あくまでも理想の話。自分にとって好ましい恋愛小説の中の一部になりたい熱が上がって妄想を口走ってしまった。

「そうすれば撤回できるのか？」

「条件じゃない。あくまでも私の中のあなたのイメージよ。というか、こんな話どうでもいいからもう帰って。撤回はしてくれなくていいし、したとしても受け入れません。ほら、帰って帰って。こんなところ、お父様に見られたらまた何言われるかわからない」

「そうか。それはそうと、今日は月が綺麗だな」

（話の振り方の下手さよ。意地でも帰らないつもりね……）

　自分を追い返そうとするリリーに抵抗するように、話題にもならないような話題であからさまに話を変えたクロヴィス。それに対し、リリーは大きな溜息をついた。

「エステルに政治の話をしても理解しない」

「大丈夫。私もわかってなかった」

「政治は必要なことだ」

「あなたにはね」

「王妃になる者にもだ」

「じゃあ強要したら？　エステル、お前は貧民街出身で、卑《いや》しい身分でありながら奇跡的にもこの学園に入れたのだから、男に媚《こ》びるのではなく勉強に精を出せ、とかね」

エステルがいなくともこれだけスラスラと差別的発言が出てくる辺り、やはり自分はヒロインに向いていないのだと自覚する。

(エステルに限らず、私も理解はしてなかった。クロヴィスのする話ってややこしいのよね)

「それはそうと、お前に聞きたいことがあったんだ」

こういう時のクロヴィスの会話の引き出しは本当に少ない。いつも同じフレーズで、唐突に話が変わる。

「それに答えたら帰る？」

「まだ時間はある。そう急ぐな」

(誰か助けて)

世界は自分のためにあり、自分を中心に動いていると思っている男と二人でいるだけで、リリーは頭がおかしくなりそうだった。

「フレデリックに膝枕をしていただろう」

「ええ」

「なぜだ？」

「フレデリックが勝手に頭を乗せてきたの。どこぞの王子様の後ろで立ち尽くすだけの毎日に疲れてるからって」

「立っていることしかできん能無しの分際で」

若干色を加えてはいるものの、この程度の愚痴は許容される。しかしクロヴィスとフレデリックが幼馴染《おさななじみ》だからこそ許されるものであって、これが王が配属した護衛なら解雇だけでは済まないだろう。

「フレデリックとの仲を心配してるの？」

「俺にはしたこともない膝枕。俺が贈った指輪ではなくフレデリックの指輪。俺ではなくフレデリックのエスコート。お前は昔からあいつに甘い」

今のクロヴィスは酔っているのではないかと疑いたくなるほど女々《めめ》しく、いつもなら疑わないことにまで疑いをかけてくる。リリーはふと遠い目をした。

「……フレデリックと結婚しようかな」

「何っ？　お前は公爵家の娘だぞ」

「だから？」

「俺ぐらいでなければフィルマンは納得しないだろう」

クロヴィスの言葉に、リリーは大きく溜息を吐く。

貴族の鬱陶《うっとう》しい考え方は、貴族であるリリーが一番よくわかっている。いつも地位で判断されて、同等の～という話になるのだ。

恋愛小説が好きなリリーにとって、立場の違う二人の恋愛は夢のある素敵なものでしかない。結ばれない関係だからこその、胸の締め付けられるような苦難や困難、その先に待つ怒涛《どとう》の展開、そしてハッピーエンド。

立場など関係ないと証明される愛こそリリーが手に入れたいものだが、今は自分の恋愛より悪役令嬢に専念すると決めている。

「フィルマンフィルマンうるさい！　お父様の名前を出せば私の考えが揺らぐとでも思ってるの？　そんなわけないでしょ！　私はお父様の操り人形じゃないんだから！　わかったらさっさとそこを下りて帰りなさいよ！」

「月が綺麗だと言ったんだが、返事がまだだぞ」

「うるさい！　早く帰って！」

「――おい！」

うんざりだと怒鳴り散らして窓に手を伸ばすリリーの後ろで、ドアが開いた。

「うるさいぞ！　何を鶏みたいに喚《わめ》いているんだ！」

「お父様っ!?」

「お前の婚約者が決まったぞ。これに目を通してお……？」

最近の父親はノックをせずに入ってくる。愚かな娘の部屋に入るのにノックなど必要ないと思っているのだろう。

脇に挟んでいた封筒を雑にテーブルの上に放る姿にリリーは舌打ちしたくなったが、父親の動きが固まったことでその思いも消し飛んだ。

「クロヴィス王子……？」

「パーティー以来だな、フィルマン」

「な、なぜそのような場所におられるのですか？」

さすがの父親も顔面蒼白になり、信じられない現実に手を震わせている。

「お前が娘を軟禁しているせいで、この一週間会えなかったんだ。だから俺がここまで来た」

「お、おおお、恐れ多い！　この愚かな娘に王子自ら会いに来ていただけますとは！」

腰を直角に折ったお辞儀の美しさに感心する。

公爵家当主である父親が頭を下げる相手は非常に少ない。それこそ今目の前にいるモンフォール家の人間が相手の時ぐらいしかその機会はないはずだが、頭を下げる回数が他の貴族より少なくとも、本能からか父のお辞儀は必要以上に美しかった。

「その書類はなんだ？」

「は、はい！　これはその、娘の結婚相手の釣書《つりがき》でございます。もう二度と王子に愚かな真似を働かぬよう結婚させてしまおうと思っておりまして」

「今すぐ破棄しろ」

「は、はい？」

「俺に二度同じことを言わせるな」

「か、かしこまりました！」

なぜよりによってクロヴィス王子がそんなことを？　というツッコミが父親の口から出ることはなかった。娘の失敗は親の失敗。これ以上の失態は許されず、父親は頭を下げ続ける。

腰を折ったまま器用に膝を使って真っ二つに折り曲げられた封筒に、リリーは安堵した。

「フィルマン」

「はい！」

「俺が婚約破棄を撤回すると言ったらお前はどうする？」

「ちょっとなんでお父様に――」

「黙りなさい！」

父親を巻き込もうとするクロヴィスを止めようとしたリリーを大声で遮《さえぎ》った父親は、娘でも引くぐらいの期待に輝く目をクロヴィスに向けていた。

リリーの父にとって娘とクロヴィスの婚約が再び成立するなどはもはや奇跡。ましてや撤回はクロヴィスがするのであって、公爵家が頭を下げて撤回してもらうのではない。

申し訳ないと頭を下げるのはモンフォール家になるのだ。

「俺は撤回しようと思っているのだがリリーが受け入れてくれんのだ」

「クロヴィス！」

「受け入れさせます！　もちろんお受けしますとも！　照れているだけなのです！　家ではいつもクロヴィス王子と早く結婚したい、結婚が待ちきれないと言っていたぐらいですから！」

「嘘言わないで！」

「黙れ」

父親の怒気を含んだ静かな声と、それだけで人を殺せそうな鋭い目つきに、リリーは開いた口を素早く閉じた。これ以上の反論はまた頬を差し出すのと同じことだ。

「うちの娘が王子にしでかしました無礼をお許しいただける、ということでしょうか？」

「ああ」

父親が身体の横でガッツポーズするのが見えた。

「王子、そのような場所ではお怪我をなされる危険がありますので、どうぞ中へお入りください。すぐにお茶の準備をさせていただきます」

「そうか。では馳走《ちそう》になろう」

(どうしてこうなるのよ！)

帰ってと叫び出したい気持ちを抑え、リリーは何も言わず父親の行動に従うことにする。

「リリー、笑顔はどうした？」

「いつも笑顔よ？」

「そうだ、それでいい」

父親の言葉に、リリーは貼り付けたような笑顔を浮かべた。嫌味っぽくその笑顔をクロヴィスに向けるも、彼の表情は変わらない。

遅い時間にもかかわらずメイドを呼び出して茶の用意をさせる父親は、部屋を去る際、クロヴィスに何度も撤回の件を確認していた。

「あのそれで、撤回はいつ宣言していただけるのでしょうか？　こちらといたしましても、早めにしていただけました方が安心できると言いますか……。娘がいつまでも婚約破棄された憐《あわ》れな女というレッテルを貼られ続けるのも可哀相という親心がありまして……」

「俺は今すぐに動いても構わないが……少し待ってくれ。撤回はする」

「はい！　お待ちしております！　リリー、お前も頭を下げなさい！」

クロヴィスは恥など知らぬという顔でリリーに挑発めいた笑みを向けながら、時間が許す限り茶を楽しんで帰っていった。

第四章

「リリー、おはよう。クロヴィス王子にちゃんと感謝の意をお伝えするんだぞ」

リリーの目が半開きのままで全開にならないのは、学校に通えるようになったのがあのクロヴィス・ギー・モンフォールのおかげだから。

父親は今までのやつれ具合、苛立ちもどこへやら、肌艶《はだつや》も機嫌も良い様子で声をかけてきた。

おはようの後に続くのがこんな押し付けがましい言葉でなかったら最高だったのだが。

「はい、お父様」

笑顔を貼り付けて明るい声で返事をしたものの、その日は父親と一緒に朝食をとりたくなかったため、リリーはさっさと家を出た。

「リリー様！　停学処分が解除されたのですね！」

「ええ、おかげさまで。今日からまたよろしくお願いいたしますね」

「はい！」

リリーは停学処分になったのではなく父親の独断による休学だったのだが、いちいちそれを説明するのも馬鹿らしいため何も言わずに挨拶を返していた。

それより、歓迎してくれる生徒の多さに安堵する。こんなことに不安や安堵を感じていては立派な悪役令嬢になどなれるはずがないと思うものの、実際そこまで簡単な道ではないのだと現実にぶち当たっていた。

「リリー様、ごきげんよう」

(出たっ)

ヒロインの登場に、リリーはすぐに勝気な笑みを浮かべる。

「ごきげんよう、エステル様」

「復学なされたのですね。とても喜ばしく思いますわ」

(何その喋《しゃべ》り方)

少し見ない間に貴族令嬢のような喋《しゃべ》り方をしているエステルにリリーは驚いた。

自分が去った後、パーティーがどう進んだのかは知らない。

紫のドレスを着てクロヴィスにエスコートされただけで貴族の仲間入りを果たしたとでも思っているのだろうかと眉間にしわを寄せかけるが、こういう時こそ笑顔だと、ニッコリ笑ってみせる。

「王子のおかげで復学することが叶いましたの」

「クロヴィス様の?」

ピクッと動いた表情筋。

クロヴィスがわざわざエステルに一から十まで説明などしないことはわかっている。婚約破棄を撤回すると言い出したということは、エステルへ揺れていた心がリリーに戻ってきているということ。そんな心境をクロヴィスが懇切丁寧に喋《しゃべ》るはずがない。

「ええ、王子……いえ、クロヴィスが、わざわざ公爵家まで来てくださったのですわ。門からではなく幼い頃に彼がよくしていたようなやり方で。あれはとても懐かしかったですわ」

「それはどのようなやり方ですの？」

「秘密ですわ。わたくしとクロヴィスのね」

エステルの顔に苛立ちが滲《にじ》んでいる。

クロヴィスとエステルの親しさがどの程度なのか、リリーは知らない。

リリーとクロヴィスが婚約している時からの付き合いだとして、あの忙しい男が仕事の合間を縫って彼女の部屋に足を運ぶだろうか。これは推測だが、ノーと答えて間違いない。

あくまでエステルの一方通行にも近い好意であると確信した。

「まるで小説の中の王子様のようでした、とだけ言っておきましょうか」

恋愛小説の王子様はわざわざあんな場所に登ってまでヒロインを窮地に立たせたりはしないが、という言葉は心の内にしまっておく。

昨日のクロヴィスの話をしていると、父親の様子まで思い出す。

普段威張り散らしている父親があんなにもぺこぺこする姿は見たくなかった。媚《こび》を売らなければならないような身分ではないのに、父親は自分の地位を守るためなら誰にでも頭を下げる男。利用価値のある者には自分より上だろうと下だろうと頭を下げる。それがブリエンヌ家当主。

「……まあ、クロヴィス様も一方的な婚約破棄を申し訳ないと思っておられますから。でも、リリー様はとても素敵なお方ですけど、女性はリリー様だけではありませんし。クロヴィス様にとって夢中になれる女性が現れたのなら、そういうこともあるでしょう」

クスッと笑ったエステルの勝ち誇った顔に、リリーは同じような笑顔を返す。

「ええ、そうみたいですね。エステル様の言うように申し訳なく思っているからなのか、彼は昨夜、わたくしの父に婚約破棄を撤回しようと思っていると伝えてきましたの」

「は？　んんっ、え？」

咳払いで取り繕《つくろ》ってはいるが、本性がチラリと顔を覗かせていた。

エステルにとっては寝耳に水だろう。上手くいけばこのまま王子との婚約もありえると思っていたところに、王子直々に婚約破棄の撤回をリリー相手ではなくリリーの父親にしたとなれば、冗談ではないことぐらい誰にでもわかる。

「でもまだしていませんよね？　きっとお戯《たわむ》れでしょう」

失礼にもほどがある。この場で責め立てたいところだが、今は我慢。エステルを悔しがらせる方が優先だと、リリーは扇子《せんす》を広げて口元を隠し、わざとらしくクスクスと笑い声を立てた。

「お戯《たわむ》れでそのようなことを言うほど彼がふざけた人間ではないことを、エステル様はご存知ないのかしら？」

「し、知っています！　私はクロヴィス様のことを深く知っています！」

「あら、そうでしたか。ではこれもご存知ですわよね？　デートが終わって部屋に送った際、彼は必ず抱きしめて愛を囁《ささや》くロマンチストだということ。エステル様が彼にとってどういう存在かはわかりませんが、もし深く知り合っている関係であればその経験もありますわよね？」

嘘だ。リリーはこれまで一度だってクロヴィスに抱きしめられたことはないし、愛を囁《ささや》かれたこともない。そもそも、抱きしめられたいとも愛を囁《ささや》かれたいとも思ったことすらない。

これはエステルを試すために仕掛けた罠。

「ええ、もちろんですわ！　クロヴィス様は毎日してくださいますから！」

（かかった！）

クロヴィス・ギー・モンフォールはセドリック・オリオールと違って、忙しい合間を縫って二人の女性と交際できるような男ではない。

愛は婚儀の際に口にすると言いきった男がロマンチストであるわけがないのだ。

エステルを送り届けたことはあったとしても、持ち合わせていないロマンチストな部分を披露できるはずがなかった。

「リリー様ったら、意外に乙女なところがありますのね」

「乙女？」

ほくそ笑んでいたところで、急に余裕めいた笑みを浮かべ小さく鼻で笑ったエステルに、リリーは眉を寄せる。

「クロヴィス様が婚約破棄を撤回するとおっしゃったことが、舞い上がるほど嬉しかったのでしょう？　だからクロヴィス様と毎日一緒に過ごしている私が気に入らないのですよね？　つっかかってくるのはそのせいでしたか」

何を言っているんだという呆れと明らかなる挑発に、リリーは頭に浮かんだ二択を天秤《てんびん》にかけた。

一つは挑発に乗ること。この場でヒロインの頬を叩けば悪役令嬢らしいかもしれない。

もう一つは元婚約者としての余裕を見せつけて挑発で返すこと。

「クロヴィス様は先日の私のドレス姿を美しいと言ってくださいましたが、リリー様のドレス姿には憤慨しておられました。気品も何もない娼婦に成り下がったと。公爵家の令嬢がまさかあのような格好をなさるとは、私も驚きましたの。だって、あれでは本当に娼婦のようで……キャアッ！」

しかし、続いたエステルの言葉に、リリーの中の天秤《てんびん》は片方に思いきり傾いて、もう一方の選択肢ごと破壊された。

「あらごめんなさい。よく喋《しゃべ》るお口にうんざりして手が勝手に動いたみたい」

「どういうおつもりですか！」

「王族お抱えのデザイナーに作らせたドレスが美しくないはずないでしょう？　そのドレスを着て似合わないのであれば、もう人間を辞めた方がいいぐらいですわ。似合うように作るのがデザイナーの仕事。それをまるで自分が着たからドレスが輝いたというような言い方はちょっと……ふふっ、笑えてきますわね。あなたはドレスを着させてもらっただけでしょう。主役だったのはドレスを着たあなたではなく、あなたが着たドレスだったのを勘違いしてるのではなくて？」

消えた選択肢をなんとか拾い上げる。余裕たっぷりの対応など悪役令嬢らしくない。ヒロインの言うことにムキになり、感情のままにやってこそ、リリーの考える悪役令嬢だ。

「このっ……！」

エステルは本性を見せようにも見せられないだろう。もしこの場で周りから「やっぱり貧しい人間は……」などと思われたら未来はない。

選ばれた貧民街出身の者にとって、この学園は自分を輝かせるチャンスを掴めるかもしれない奇跡の場所。何がなんでものし上がらなければならない。

リリーのようにクロヴィスがダメでも他の貴族、というチャンスはやってこないのだ。

エステルもそれはわかっているようで、「なんだなんだ？」と周りに人が集まり始めると、仮面を付け替えるかのように彼女の表情は怒りから悲しみに瞬時に変わった。

「エステルちゃん、どうしたんだい？」

「リリー様が私をぶったんです！」

「またか……。ブリエンヌ嬢、あなたは婚約破棄をされてから少しおかしくなられたのではありませんか？」

「あら、救世主様の登場かしら？　下級貴族は貧民に優しくていいですわね」

「エステルちゃんがあなたより可愛く天使のように心優しい女の子だから、目の敵にしているんでしょう！　クロヴィス王子を取られたからと八つ当たりなさるのはあまりにもみっともない！」

良い雰囲気になってきたとリリーの心が弾む。可哀相なエステル。守ってあげなければならないエステル。可愛いエステル。それでいい。

男子生徒の背中から顔を覗かせるエステルの顔には拳《こぶし》の一つもめり込ませてやりたくはあるが、そこまでするのはさすがにやりすぎだ。だから今度は男子生徒を攻撃することに決めた。

「エステル様に好意があるならそれをお伝えになってはいかが？　クロヴィス様のお隣にいるからと遠慮することはありませんのよ。エステル様はクロヴィス様の婚約者でも恋人でもないのですから」

「言いすぎです！」

「真実を言うだけで言いすぎとは、随分と心が狭いんですのね。ただ庇《かば》うことがあなたの愛ですの？　自分の心を犠牲にして彼女を守ることが愛だと思われているのなら、それこそ〝みっともない〟ですわ」

リリーの言葉に、エステルの前に立つ男子生徒は歯を食いしばったように表情を強張らせて黙り込む。

「……エステルちゃん、行こう。ここにいると危ないよ。もう近寄らない方がいい」

男子生徒の目が痛い。だが、リリーは今、そんなものは気にならないほどの強い高揚感に震えていた。自分は今までで一番悪役令嬢っぽかったのではないだろうかと感動している。

男子生徒が支えるようにエステルの肩に腕を回してどこかに行くのも見ていなかった。

震える唇を噛みしめた後、ゆっくりと息を吐き出したリリーは、目の前に影ができたことでようやく現実世界に戻る。

「お前は一体何をしているんだ？」

「あら王子、ごきげんよう」

感動を冷めさせる男の登場に、リリーは「ゲッ」と声が漏れそうなのを堪《こら》えて笑顔で挨拶をした。

「クロヴィス様！」

すかさず、支えてくれていた男子生徒から離れてクロヴィスに駆け寄り抱きついたエステル。その根性は称賛に値すると、リリーは拍手したくなった。

「リリー様が私をぶったのです！」

「見ていたから知っている」

この男は忙しいくせにいつもどこから見ているのか不思議だ。

自分の赤くなった頬を見せて涙を流す大女優に、リリーは感心しながらも同じく涙で対抗しようと、俯いて欠伸《あくび》を堪《こら》える。

「リリー、お前はなぜいつも手を上げる？」

「……だって、エステル様がパーティーの日のわたくしを本当に娼婦のようだったとおっしゃったんです。王子はお気に召さなかったのでしょうけど、あれはイブニングドレスとして正しい形ですわ。少し肌を見せたぐらいで娼婦のようだと言われるのは心外です」

ここは悪役令嬢としてエステルに対抗するための演技を披露する場。リリーは欠伸《あくび》をかみ殺し、涙で瞳を潤《うる》ませた。

「事実だろう」

「事実なら何を言っても良いと？　王子にとって女はわたくし一人ではないのだから心移りも当然

と言われたことも、受け入れなければならないのですか？　わたくしは確かにエステル様の前で婚約を破棄されました。王子のお心がエステル様に移ろったことも感じていました。それでも、事情を知るエステル様からそのようなことを言われて惨めな思いをしても、事実だから我慢しろとおっしゃるのですか？」

顔を右へと背けることで涙を宙へ飛ばしてから両手で顔を押さえ、エステルの真似をするように肩を震わせる。小さく漏れるしゃくり声も、嗚咽《おえつ》を堪《こら》えるような吐息も真似て、この状況を全て自分のものにするのが狙い。

そしてこの後はクロヴィスが「当然だ。手を出した者に非がある」と言い、それを聞いたリリーは走ってその場を去っていく……という算段だった。

しかし——

「エステル、それは本当か？」

（……は？　どうしてエステル様に確認するわけ？）

そこはヒロインを信用して、悪役令嬢が嘘をついていると決めつけるのが王道展開。それなのに展開を変えてしまうクロヴィスに、リリーは軽く唇を噛む。

「え？　わ、私はそんなこと……！」

「リリーの言ったことは本当かと聞いているんだ」

「う、嘘です！　私はそんなこと言っておりません！　リリー様は以前からずっと私を目の敵にして——！」

「――私、一部始終全てをこの目と耳で確認しておりますわ！」

出てきてしまった。リリーが悪役令嬢になるのを悪気なく阻止しようとする、有難迷惑な侯爵令嬢リアーヌ・ブロワ。

ヒロインと言い合った悪役令嬢は周りからあれやこれやと言われてカッと顔を真っ赤にして走り去ると相場が決まっているのに、馬鹿真面目なクロヴィスはわざわざエステルに確認し、更にはリアーヌがリリーを守ろうと出しゃばってきた。

リリーはまだ一度だって自分の思い描いた物語に沿って行動できたことがない。

「リリー様がエステル・クレージュに手を上げたのは事実ですけど、リリー様ほど聡明な方がそうなさるには理由があることぐらいは、クロヴィス様ならおわかりですわよね？」

クロヴィスにそんな口を利《き》けるのはリリー達幼馴染《おさななじみ》を除けばリアーヌだけだろう。

「ああ」

「クロヴィス様がどのようにお考えかは存じませんけれど、お二人の婚約が破棄されてからのエステル・クレージュの態度は見るに堪《た》えませんわ。どうにかこうにかリリー様を陥《おとしい》れて自分の評判を上げようとしているようにしか見えませんもの」

(真実は言わなくていいの！　庇《かば》ってくれなくていいの！)

後ろで焦るリリーに気づかないリアーヌの口は止まらない。

「ああ、それから、一言だけ言わせていただきますわ。肌を見せただけで女を娼婦扱いするような器の小さな男性はリリー様には相応《ふさわ》しくありません。ドレスは己を着飾るためにあるもの。自分を最も美しく見せる最高のドレスを選んでいますの。それを認めもせずに娼婦扱いとは、王子も底が浅いですわね」

「クロヴィス様になんてことおっしゃるのですか！」

「黙りなさい！　あなたには話していないでしょう！」

狙わずに素でここまで強気にいけるのだから、リアーヌには〝凄《すご》い〟の言葉以外出てこなかった。

リアーヌの言動はリリーの望みとはかけ離れてはいるが、それでもリリーは感謝していた。エステルにではなくクロヴィスに言いたかったことを、一言一句違《たが》わずに言ってくれたのだから。

「はっはっはっはっは！」

そう突然笑い出したのは、クロヴィスではなくその後ろに控えていたフレデリック。普段物静かを気取っている男なだけに、口を開けて大笑いしたことに全員が驚きを隠せなかった。

「ブロワ家のご令嬢は気が強いって有名だったが、まさかこれほどとは」

「ふ、フレデリック様……！」

「俺も同じ意見だ。あの日のリリーは最高に綺麗だった。肌の露出はまあ俺も目のやり場には困ったが、それでもやはりイイ女だと改めて思えたぐらいだ。それを娼婦と呼ぶのは失礼すぎるだろう。何より、ああいうドレスを選んで着ていた他の令嬢達にも失礼なんじゃないか？」

フレデリックの援護するような言葉に、リアーヌの顔が赤く染まった。さっきまでの強気な姿勢もどこへやら、身体をもじもじとさせて、視線をさまよわせている。

（もしかして……）

ひょっとするとフレデリックに春が来るかもしれないとリリーは目を輝かせる。

「――何をしている？」

さすがに騒ぎすぎたのか、この学園で最も厄介な男が来てしまった。リリーが顔を歪《ゆが》ませると同時に、エステルが動き出す。

「学長」

「リリー様が私を貧民――」

「ただの痴話《ちわ》喧嘩です。お騒がせしました」

クロヴィスだけではなく学長にまで報告しようとするエステルを、クロヴィス自身が止めた。驚いた顔で振り返るエステルに彼は目配せもしない。その様子を学長が少し怪しむような目で見るが、特に言及しないままリリーの前に立った。

「リリー・アルマリア・ブリエンヌ」

「はい」

「復学おめでとう」

「ご迷惑をおかけしましたこと、お詫《わ》び申し上げます」

「君は我が校が誇る優秀な生徒だ。戻ってきてくれて嬉しいよ」

「恐れ入ります」

この男は狸《たぬき》だとリリーは思っている。

言葉と表情が一致しておらず、今浮かべている笑顔もこちらが顔を引きつらせたくなるような不気味なもの。その全てを見透かしたような目で見つめられると息ができなくなると言う生徒も多い。嘘を見逃さない千里眼を持っている、とも。

「今日は君の顔に免じて追及はしないでおこう。さあ、もう授業が始まる。教室に戻りなさい」

学長の言葉に、観衆達が散っていく。その場に残ったのはクロヴィス、オリオール兄弟、エステル、リアーヌ、リリーの六人。

授業を受けなければならないのは全員同じだが、誰一人その場から動こうとはしなかった。

手にした扇子《せんす》で口元を隠し、リアーヌが囁《ささや》く。

「あまりエステル・クレージュに入れ込みすぎない方がよろしくてよ。彼女、女狐《めぎつね》ですもの」

「俺もそう思っていた」

「ふ、フレデリック様と同じだなんて！」

あの強気なリアーヌが完全に恋する乙女の顔をしている。それを隠そうともしない様子は、リリーにとってエステルよりもずっと好感度が高い。

「わたくしは謝りませんので」

「リリー、手を上げたのは事実だろう」

「ええ、でもわたくしは言葉の暴力を受けましたし、おあいこでしょう。どうしても謝らせたいのなら力ずくで地面に押さえつけてはいかが？」

挑発めいた笑みを浮かべてその場を去るリリーは、背後から聞こえるエステルの泣き声にこっそり舌を出す。あれも嘘に違いないのだ。

「あー上手くいかない！」

「向いていないということでしょう」

「わかってるわよ！」

いつも大事なところで邪魔が入る。リアーヌは悪役令嬢向きだとは思うが、決して悪人ではない。リリーのためを思って庇《かば》っているだけなのだろうが、それがリリーには感謝できない事態を生み出すものとなっていた。

家に帰って何度目かの溜息を吐く頃には、アネットはリリーの相手さえしなくなっていた。

「――何に向いてないって？」

「きゃあっ？」

「驚かせてごめんね」

「なんでいるの？　ちょっと、アネット！」

聞き慣れた声に振り向くと、いつからそこにいたのかオリオール兄弟が揃って手を挙げていた。

「お嬢様のヒステリーが終わるまでお待ちいただきました」

「来てることぐらい言ってよ！」

「言いましたが、お嬢様は聞いておられませんでした」

確かに文句ばかりぶちまけていたせいで何も聞いていなかった。アネットの言葉よりも自分が文句を言う方が優先だったので、リリーには返す言葉もない。

「何を目指してるの？」

「何も」

「何かに向いてないって言われてたろ」

「そうだけど、二人には関係ないから」

「なりたいものがあるなら言ってよ。僕達も協力するから」

「必要ない」

悪役令嬢を目指しているけど自分には向いていないみたい、なんてリリーが言った日には、きっとこの場には冷凍庫より冷たく凍えた空気が流れるに決まっている。そしてその次にフレデリックが大声で馬鹿笑いをして、セドリックは苦笑してリリーにかける言葉を探すのだ。

容易に想像がつく事態を自分で招く必要はない。リリーはかぶりを振って二人の言葉を拒否した。

「お嬢様は悪役令嬢を目指しておられます」

「アネット⁉」

リリーの決意を一瞬でぶち壊したアネットの言葉に二人は顔を見合わせるが、まだ理解できていない様子。

「なんで言うのよ！」

「一人で抱え込まれるより、お二人にお話を聞いていただいてはいかがですか？　アドバイスの一つもいただけるでしょう」

悪いことをしたなどとは微塵《みじん》も思っていないらしいアネットは、リリーが乱したベッドを整えながら、さっさと言えと犬を追い払うような手つきでリリーを促す。

「話聞くよ」

「悪役令嬢ってなんだ？」

なぜ子供の将来の夢の発表会のように、二人に悪役令嬢になりたいのだと説明しなければならないのか。

アネットを睨み付けても効果はなく、二人の視線が自分に注がれているのを横目で認めると、リリーは大きな溜息をつきながら手を振って、アネットを部屋から追い出した。

「クロヴィスに言わないって約束できる？　絶対言わないでよ？　言ったら騎士じゃいられなくするからね」

リリーの念押しに二人が揃って頷く。

「……私ね、本当は彼に婚約破棄されて良かったとさえ思ってるの」

「知ってる」

「嫌っていたから、というわけではないの」

「じゃあどうして？」

なんと答えるのが正解なのか。二人が本当にクロヴィスに話さないという確証はない。もし告げ口されても、うっかり、という言葉を使われてしまえばそれでおしまい。知られた事実は変えられないし、二人を責め続けることにも意味がない。危険はある。

「本当に話さないよ？」

「俺らが約束破ったことあったか？」

「フレデリックはいつも破っていたと思うけど？」

「ガキの頃だろ。いつまでも根に持つなよ。しかもコイツとの約束は破ってねぇよ」

（こういう性格だから信用できないんだっていうのを教えてやりたい。もう二度と関わることはないと思っていたのに、婚約破棄されてからの方がよく話しているのって変よね）

「……馬鹿げたことだって笑わない？」

「笑う」

「フレデリック。向こうに行くかい？」

「嘘だっての」

いまいち信用はできないが、セドリックはフレデリックよりは口が堅い。言ってしまえば信用できるのはその点ぐらいだ。

フレデリックも、本当に大事なことは他人に話したりはしないが、リリーの秘密を本当に大事なことだと判断してくれるかどうかはわからない。それだけに、不安が大きかった。

「悪役……」

「ん？」

「悪役令嬢になりたいの」

一瞬で二人の思考が停止したのがわかった。

「……そもそも悪役令嬢って何？」

「えっと……恋愛小説でヒロインと対峙《たいじ》する嫌味な令嬢って感じ？　ほら、タイトルぐらい聞いたことない？　今凄《すご》く女子生徒の間で流行《はや》っているの。『ヒロインだったのになぜか悪役令嬢になってしまったのでこうなったら悪役令嬢としてヒロインを食い潰します』って本なんだけど」

二人は黙って首を振る。なんとなく自分が腫《は》れ物扱いされているのが伝わってくる。

「その悪役令嬢ってのは具体的にどんな人なんだい？」

「悪役令嬢っていうのはヒロインに意地悪をする役目なんだけど、最近の小説は凝《こ》ってて、最初は自分がヒロインなの。イケメンの王子と婚約していたのに一方的に婚約破棄を突きつけられてヒロインの座を下ろされて、惨めになるの」

同じ状況を味わっただけに「惨め」という言葉は使いたくないが、説明のためだからと自分に言い聞かせる。

「どうして？　なんで？　って絶望に打ちひしがれてるヒロインの前に、突如として現れる可愛い女の子。その子は貴族でも下位だったり貧しい出だったりして苦労を知っているから、誰にでも優しくて皆に好かれるの。木陰で本を読んでいるだけで小鳥が寄ってきたり、頑張り屋さんだけどちょっぴりドジなとこがあったり。王子は次第にその様子から目が離せなくなって、守りたいと思ってその子と恋に落ちるんだけど……」

実際そんな女の子がいたら自分はどう思うだろうと想像するも、その子を愛するサブキャラ達のように歓迎はできない気がした。むしろ鬱陶《うっとう》しい、目障《めざわ》りだとさえ思うだろうし、そんな女の子に恋をする王子を馬鹿だと思うだろうと思ってしまい、自分の性格の悪さについ口が止まる。

「それで……悪役令嬢になった元ヒロインはそれを許さないのよね。可愛いだけが取り柄の女の子より自分の方が王子には絶対に相応《ふさわ》しいって見せつけて、その子と睨み合う。どう？　面白いでしょ？　私の境遇によく似てると思わない？」

思い入れがあるだけに、何も知らない二人につい長々と語ってしまったことにハッとする。二人に顔を向けると、リリーには理解できない不思議な表情がこちらを見ていた。

「というか……」

「その女の子……」

「可愛いでしょ？」

「お前だろ」

「君だね」

二人の言葉にリリーの笑顔が固まった。

「全然違う！　何言ってるの!?」

「木陰で本を読んでいて、小鳥が寄ってくる」

「あれはクッキーがあるから！」

「努力家で、でもちょっとドジで」

「わたくしは完璧！」

「優しくて皆から好かれてる」

「それはそういう人間でいるよう努めてただけ！」

悪役令嬢にそんなステータスは必要ない。欲しいのは高飛車、意地悪、嫌われ者。嫌われていても自分を貫いて、一人高笑いをしながら今の状況を楽しめるような、そんな悪役令嬢にリリーはなりたいのだ。

それなのに二人の言葉はリリーがまるで悪役令嬢からは程遠いと言っているようで嫌だった。

「悪役令嬢になってどうすんだよ」

「え？　それは……憧れだし……」

「どんなところが？」

「強いとこ。誰に何を言われようと言いたいことをハッキリ言える強さが好きなの。陰口を叩かれても鼻で笑って、やられたら倍にして返して、時には王子を取り戻そうと頑張ったり、実は腹黒なその子と一人で戦ったり。でも弱いところもあって、家に帰って一人になった時だけ泣いたりするの。使用人にも涙なんて見せなくて……そんなとこが愛おしくて大好きになったわ。私はそういうタイプではないけれど、せっかく婚約破棄されたのだから悪役令嬢になりたいなって思って、今実行中なの。あの話し方は悪役令嬢の特徴なんだから」

努力もしないでチヤホヤされる真ヒロインの女の子に感情移入ができなかったのは、努力しない世界は自分にはありえなかったからかもしれないと、リリーは今になって気付いた。

なんの努力もしないヒロインに王子はいつの間にか恋をする。守られるのが当たり前な可愛いヒロインと、どんなに必死に足掻《あが》いてもヒロインにはなれない悪役令嬢。

そんな悪役令嬢を可哀相だと思った作家達によって作られた、悪役令嬢を主役にした恋愛小説。

リリーはそれらを読んですぐに引き込まれてしまった。

最初から悪役令嬢として生きる運命だった子、ヒロインから悪役令嬢に成り下がってしまう子と、作品によって運命は異なるものの、リリーはどちらも好きだった。

王子に相応《ふさわ》しいようにと言う親に従うばかりだったリリーにとって自由な悪役令嬢は憧れの存在で、それに近付きたかったのだと正直に白状した。

「くっだらねー！」

「ほっといて」

「でも、ああいうことを続ければ、いつか君の立場は悪くなる。『婚約破棄されて可哀相』だったのが『婚約破棄されて当然』に変わるかもしれない」

その可能性は何度も考えた。でも、それでもいいと思った。可哀相と思われるのも嫌だし、悪役令嬢とはそういうものだ。

他人からの印象や評価を気にして生きる必要がなくなった今、自由に生きてみたいと思ったのだ。クロヴィス・ギー・モンフォールの婚約者ではなく、ただの公爵令嬢リリーとして。だが、それだけではつまらないから、せっかくの自由を謳歌《おうか》するために悪役令嬢になりたかった。

たとえそれが間違っていると言われようとも。

「わざわざ嫌われ役なんかやらずに、お前のまま生きればいいんじゃねぇの？」

「一応婚約者を奪われたんだから嫌がらせぐらいしないと、女が、いえ、悪役令嬢が廃《すた》ると思わない？」

「思わない」

「思わないね」

二人は納得できないという顔をしていた。わざわざ自分の立場を悪くしてまで憧れに近付く必要が本当にあるのか？　と言いたげだが、リリーの意見は変わらない。

もう悪役令嬢としての一歩を踏み出してしまったのだから、今更考え直すつもりはなかった。

「何かあったら僕達がフォローするよ」

「しょうがねぇな」

（ん？　フォロー？）

悪役令嬢に最も必要のない言葉だ。リリーは首を傾げながら質問する生徒のように片手を挙げる。

「それは〜……私の邪魔をするということよね？」

「違う違う。君について何か良からぬ噂を立てられていたら訂正しておくってこと」

「邪魔するってことじゃない！　悪役令嬢は悪く言われてこそなの！　そんな環境を強く生き抜き、ヒロインと頭脳戦を繰り広げるの。それこそ悪役令嬢の醍醐《だいごみ》味なの！　ヒロインがずる賢いからね……」

あれだけの言動を狙ってやれるエステルなので頭脳戦の相手としては申し分ないのに、小説のような進み方ができないのは、いつだって王子が姿を現すから。

小説なら王子のいない場所でバチバチと女同士の戦いが繰り広げられるのに、リリーの物語ではいつも王子が傍にいて女同士の戦いが始まらない。

こっちから仕掛けるべきかと悩んでいる最中にオリオール兄弟のような人気者が「リリーはそんな子じゃない。彼女の行動には理由があるんだ」などと訂正したら、皆それを信じるに決まっている。

「そういうのはヒロインが受けるべき優しさなの」

「でも僕達は君の幼馴染《おさななじみ》なわけだし」

「でもクロヴィスの傍にいるのはエステル様なんだから、エステル様の味方をするべきじゃない？」

「俺、あの女嫌い」

「でも何かあれば守るでしょ？」

リリーの問いに、しかし二人は黙り込む。

（ん？　なぜ頷かないの？）

クロヴィスと結ばれるのなら、エステルは次期王妃だ。それなのに首を傾げるでもなく頷きもしない二人の様子に、リリーの方が首を傾げた。

「守るのよね？」

「僕達はクロヴィスの護衛だから、クロヴィスは守るよ。全力でね。彼女はクロヴィスの後って感じかな」

セドリックの煮え切らない返事に、リリーは不安を抱く。もしクロヴィスだけを守り、その傍でエステルが血を流して倒れたら、二人はどういう心境になるのか。

罪悪感に駆られるのではないだろうかと心配するが、セドリックがハッキリ言った「クロヴィスは」という言葉は、二人の任務への覚悟と理解を示していた。

「婚約者なら護衛対象に入るんだろうが、アイツはただのストーカーだからな」

「口が悪すぎるよ」

「あの女より身分は上だぞ」

「公爵令嬢の前だよ」

「知るか。普段外で喋《しゃべ》らねぇんだから、ここでぐらい喋《しゃべ》らせろ」

フレデリックの可愛げのなさには年々磨きがかかっている。

彼が寡黙《かもく》なキャラを演じているのはセドリックのように女の相手をしたくないからだ。彼曰く、女のお喋《しゃべ》りの相手をすると空が色を変えるまで延々と喋《しゃべ》り続ける、らしい。だから女の相手はしないと決めたとのこと。

「エステル嬢はただの一般人であって、クロヴィスとはなんの関係もない相手だよ。もちろんモンフォール家ともね」

「でも婚約破棄をした時、クロヴィスはエステル様を同行させた。それは彼があの場にいることを許していたということでしょ？」

「まあ事実、お前を捨てたわけだしな」

「フレデリック」

事実は事実。クロヴィスはリリーを捨て、リリーはクロヴィスに捨てられた。しかし、リリーが気にしているのはそこではなく、今も立ち止まってはいないだろうエステルの動きだ。

婚約破棄を撤回したいと言われたことを伝えた時、彼女はほんの一瞬ではあるが動揺していた。間違いなくエステルはクロヴィスに事実確認をしに行っただろう。そして事実だと知ったはず。問題はそこからだ。

「んー……」

理想の悪役令嬢になるためにエステルを愛されヒロインに仕立てるには周りの協力が必要不可欠だが、リリーは自分がフォローされるのは望んでいない。

エステルは王子の婚約者になりたがっているはず。それならリリーは、ヒロインと対峙《たいじ》する悪役令嬢になれるはずなのだ。

「あざといヒロインっていたかな？」

「あざとくなきゃ生き残れないよね、女の子の世界って」

「さすがセドリック様、よくご存知ですわね」

嫌味を交えて返しながら、棚に並んでいる書籍の中から一冊の本を取り出してパラパラとページをめくる。

「ああ、そうだわ。ヒロインと王子の間に少し溝ができている時に、隣国の王子が現れてヒロインと仲良くなったりするの。それを見た自国の王子が少し焦ったり快く思わなかったりして二人は対立する。間に挟まれて、揺れ動く心との葛藤で元気をなくすヒロインに寄り添うのが、運命の相手なの」

リリーは本を開いたまま二人のもとに戻ると、睨み合う二人の王子の間に挟まれているヒロインの挿絵を見せた。

「へえ」と声を漏らすセドリックと「ハッ」と馬鹿にしたように鼻で笑うフレデリック。

(フレデリックの頭を本の角で殴ってやりたい)

頭の中では既に数回殴っている。

「もし、婚約破棄を撤回すると言い出したクロヴィスに愛想を尽かしたエステル様の前に、隣国の王子が現れたらどうするのかしら？」

「地位のある男なら誰でもいいんだろ」

「まあ、ここに入るぐらいだから彼女は下克上を狙ってるんだろうしね」

貧民による下克上はありえないこととは言えない。

貴族達の生活はいつ見ても代わり映えしない退屈なもの。そこに貧民が入ると新たな風が吹き込むような物の観点や言動が刺激となって、魅力的に見える。だから貴族の中にもエステル側についている男子生徒は少なくない。

だが、エステルにとって、後ろ盾となる貴族を選べるようになったことが下克上なのではないはず。王子の婚約者の座を勝ち取ってこその下克上なのだ。

「隣国の王子が現れてくれないかしら。そしたら私がエステル様に言うの。このアバズレってね」

「それはちょっと酷《ひど》い……」

「お前の性格の良さが露見するなぁ」

「お褒めいただき光栄ですわ」

フレデリックの嫌味に笑顔を返したリリーの前に、セドリックが封筒を差し出した。

「何これ？」

「クロヴィスから預かった、誕生祭の招待状」

「いい歳してまだケーキの火に祈りを捧げたいのね」

元婚約者を自分のバースデーパーティーに招くなど、何を考えているのか。クロヴィスには呆れる一方だった。きっとクロヴィスの独断ではなく、ジュラルド王とオレリア王妃の助言もあってのことだろうと予想はついている。

「これって行かなきゃダメ？」

「お前が主役を会場から抜け出させたいなら、行かなくてもいいだろうな」

「ホンットあのバカ大っ嫌い！」

たかが笑顔。見たことがないとしても、婚約破棄の場面で笑顔を見せる相手には腹を立てるべきであって、追いかけ回すような人間はなかなかいないだろう。

「悪役令嬢って最近は幸せになってるのになぁ」

「俺と結婚するか？」

「来世でね」

リリーは小指を立てて、フレデリックの誘いをさらっと断る。

「陛下達はエステル様を認めてるの？」

モンフォール家の家紋がうっすらと透ける特別な封筒をリリーが机の上に放ると、結構な勢いで飛んでいった。

いちいち出席か欠席かの返事をする必要はない。フレデリックが言うように、出席しなければ会場を抜け出してきてまた公爵家の庭の木を登り、窓を叩き続けるに決まっているのだから。

そしてお得意の「なぜ」を第一声に聞くことになる。

「全然。クロヴィスは愚かな選択をしたと怒られてたよ。オレリア様はリリーちゃんを気に入ってたから悲しんでたし」

リリーもオレリアが大好きだった。この人が将来自分の義母《はは》になるのだと子供ながらに嬉しく思い、娘になる日を待ち遠しく感じていた時もあった。だから婚約破棄を言い渡された後で押し寄せたのは、オレリアの娘になれないということへの悲しみだった。

「パーティーでお会いするのが楽しみだわ。たとえ遠目でしかお会いできないとしても」

オレリアに会うためだけにパーティーに出席する。リリーはそう腹を括《くく》った。

「問題はあの女だろ。どういうポジションで行くつもりなんだろうな」

「ドレスを新調したいとか言ってたよね」

「でしょうね。何度も同じドレスで出席なんてできないもの」

学園主催のパーティーと同じドレスを着れば間違いなく貴族達から笑いものにされるだろう。いくらクロヴィスに取り入ろうとも所詮は貧民と。

もしそういう雰囲気になったらリリーは先頭に立って嫌味を言ってやろうと想像はするが、実際は無理だろう。ヒロインに恥をかかせるのは悪役令嬢の役目ではあるが、王と王妃がいる場ではそんな自分勝手な行動はできない。

悪役令嬢として生きると決めはしたものの、あの二人の前では醜態《しゅうたい》を晒《さら》したくなかった。

「クロヴィスは仕立てるって？」

「ああ」

「そう……」

リリーにはそこがわからなかった。

確かに婚約破棄の場でクロヴィスはエステルに隣に立つことを許していたが、今はエステルではなくリリーを追いかけている。リリーとの婚約破棄を撤回するとまで言っているのに、なぜエステルにドレスを仕立ててやるのか理解できなかった。

一度は選んだ女だから、というような義理堅い男ではないはずなのに。

「お前はまた寄せて上げた乳を出すのか？」

からかうように言うフレデリックの頬を両側から引っ張り、額に青筋を立てつつもリリーはニッコリ笑う。

「オレリア様が贈ってくださったドレスを着たいけど、あれはクロヴィスの婚約者だから頂けた物だし、新しいのを仕立ててもらうわ。無難なドレスをね」

「あのドレス、キレイだったよね」

「お前によく似合ってた」

「ありがと」

金糸が織り込んである上品な白のドレスがオレリア妃から贈られてきたのは、ちょうど一年前の誕生祭直前。ぜひ、クロヴィスの誕生祭で着てほしいと、贈られたドレスだった。

オレリアの贈り物はいつだって上品なものばかりだ。髪留めや帽子、扇子《せんす》なんかも全てセンスが良かった。あのドレスは毎年着ると約束したのに、着たのはもらったその年だけ。今年からは着られそうにない。

オレリアにも、自分が婚約破棄を笑って受け入れたことは耳に入っているのだろうか。悪役令嬢になることばかり考えて、オレリアのことを何も考えていなかったことに今になって気付いた。

「各国の王子が集まるはずだから、もしかするとエステル嬢の心移りもあるかもね」

「あっさり心移りしたら学園にいられなくなることぐらい、彼女もわかってるわよ」

「だろうな。だが目の前にあるチャンスは掴むだろ。キープを作る可能性はあるぞ」

「セドリックみたいに？」

「ああ」

「ちょっと、酷《ひど》い言い方しないでくれるかな」

クロヴィスの人気は高い。そんな男にくっついている貧民というだけでも貴族は良く思っていないのに、隣国の王子に迫られたからとあっさり鞍《くら》替えでもすれば、貴族達は黙っていないだろう。

「でも、ヒロインが言い寄られるイベントは欲しいわ。クロヴィスの性格からして、牽制《けんせい》するって行動はなさそうだけど、もしそうなれば……ふふっ、私が割り込める」

エステルのような愛らしい容姿であれば、クロヴィスとのことを知らずに言い寄る王子もいるだろう。どこの王子でもいいからエステルに猛アプローチをかけてほしいと、頭に浮かんだ展開にリリーの表情が緩んだ。

「お前には向いてねぇよ」

「うるさい。いいでしょ。どうせ結婚までの悪足掻《わるあが》きなんだから」

結婚すればまたリリーに自由はなくなる。あの強欲な父親が普通の貴族と結婚させるはずもなければ、リリーの悪役令嬢の夢を許すはずもない。今しかできないのだ。

リリーにとってこれは遊びではなく、自分の人生を、自分自身をも変える挑戦だが、誰にも理解されないことだとは理解している。

いつかどこかで王子様が、と夢見ている方が、まだ父親は喜ぶだろう。その夢に相応《ふさわ》しい男を探してやると、馬のように鼻息を荒くして走り回るはずだ。

しかし当の娘はそんな夢は一度も抱いたことがない。

「クロヴィスが撤回したらお前はどうするんだ？　受け入れるのか？」

「いいえ、受け入れない。一度決めたことを簡単に撤回するような男の妻になんてなりたくないもの」

「イケメンだよ？　王子だし、真面目で――」

「それでいて浮気性で自分が完全に正しいと思い込んでる、世界一幸せな男よね」

「いいぞ、言ってやれ言ってやれ」

セドリックはきっとクロヴィスに何か言われているのだろう。それを律儀に守ってやる必要はないのだろうが、女子生徒に甘いようにクロヴィスにも甘いのだ。だからクロヴィスが何か言えば、セドリックは聞いてやらなければという思いになる。

フレデリックに言わないのはきっと、膝枕の件が尾を引いているから。その後のパーティーでリリーをエスコートして、指輪まで渡していたことを知られてから当たりが強くなったと聞いた。

「ま、クロヴィスのことなんてどうだっていいけど」

クロヴィスのために行くわけではないのだから。

第五章

「今はエステル様の顔を見たくない」

リリーは今日だけは穏便に済ませたかった。

今日は自分の誕生日よりも特別な日だ。婚約破棄される前にお茶をしてから、クロヴィスの母であるオレリアとは会っていない。どんな顔をして会えばいいのかわからない状況に、リリーは緊張で吐きそうになっていた。

「残念ながらこっちに来たぞ」

「どっかに追いやって」

これが学園主催のパーティーなら悪役令嬢としてのイベントを起こす最高の場となるが、今日だけは間違ってもそんなことがあってはならない。エステルが場と立場を弁《わきま》えてくれるかどうかもわからない以上、接触は避けたかった。

リリーのひそめた声に応えて、フレデリックが一歩前に出た。

「エステル嬢、彼女は今考え事をしている。挨拶なら後にしてくれないだろうか？」

「ご挨拶もダメなのですか？」

「クロヴィスの傍にいる君ならわかるだろう。人は考え事をしている時には挨拶さえ邪魔になる時がある」

「そうですね。ではフレデリック様、クロヴィス様がいらっしゃるまでお相手いただけますか？」

賢い女だといつも感心する。ワガママを言って困らせるのではなく、自分を遠ざけようとする男を自然な流れで自分の相手にしようと持ち込んだ。

(すっかり令嬢気取りね。恐れ入る)

フレデリックはあくまでもクロヴィスの護衛であってリリーの護衛ではない。リリーの傍を離れてはいけない理由はないのだから、断る理由もない。クロヴィスはまだ自室にいて、セドリックと話をしている頃だろう。フレデリックは手が空いているからリリーの傍にいるだけ。

「かまわないが、俺は話をするのは得意ではない」

「知っています。でも一度フレデリック様とゆっくりお話ししてみたかったんです」

「そうか。では向こうで話そう」

フレデリックにとっても話したくない相手だろうが、リリーのためにと受けてくれた。

嬉しそうに笑うエステルの笑顔を視界の端に捉えながらも考え事をしているような表情を崩さないでいると、そんなリリーに見せつけるようにエステルがフレデリックに手を差し出す。

「エスコートしてくださる？」

「ああ」

セドリックなら嘘でも「喜んで」と笑顔を見せるのだろうがフレデリックはそうはいかない。無表情のまま静かな返事と共に腕を差し出し、リリーから離れた場所まで歩いていった。

フレデリックの犠牲に謝罪と感謝を心の中で唱えたリリーは、ゆっくりと長い溜息を吐き出して身体の向きを変える。

「オレリア様……」

玉座に座る王の隣に腰かける美しき王妃はリリーの憧れそのもので、遠くから見ても彼女の周りにだけ眩《まばゆ》い光が放たれているように見えた。

今すぐ傍に行って話がしたい。婚約を破棄されてしまった自分の不甲斐なさを謝りたい。話すことならたくさんあるのに、今はもう世間話ができるような立場ではなくなってしまった。

貴族なのだから傍に行って話しかけるぐらいは許されるだろうが、破棄された側の人間がどんな顔をして話しかけに行くのかと考えると、リリーは行動に移すことができなかった。

「クロヴィス王子だわ！」

「クロヴィス様よ！」

暫《しばら》くして、令嬢達が黄色い声を上げ始める。リリーが顔を上げると、クロヴィスが会場に入ってくるところだった。今日の主役に相応《ふさわ》しい白い装いが、彼の美しさを引き立てている。

恍惚《こうこつ》とした表情の令嬢達の熱い視線を浴びながらも、相変わらずの愛想のない顔で花道を進む。

王の前で片膝をつき、胸に手を当てて頭上から降り注ぐ祝辞を受けるクロヴィスの表情はいつもと変わらないのに、リリーは子供の頃のことを思い出して無意識に表情を緩ませていた。

祝辞が終わり、皆が自由に会話や食事を楽しみ始めると、セドリックに手招きされる。

王と王妃に挨拶しなければならないが、リリーは二人と会話することさえ今の自分にはおこがましいことに思えて仕方なかった。

「おお、リリーよ。久しいな。なぜ顔を見せてくれなくなったのだ？」

「申し訳ございません。お合わせする顔がなくて……」

「堂々としておれば良い。そなたは何も悪くない。悪いのは何もわかっておらぬ愚息だ。無意味にそなたを傷つけてしまったこと、心から詫《わ》びよう。それと今、そなたの生活を引っ掻き回していることも」

「お、おやめください！　そのようなお言葉、私にはもったいないものです。私が至らなかったばかりにお二人には――」

「リリーちゃん、そんなことは言わなくていいの。あなたは悪くない。私達はちゃーんとわかってますからね」

かけられる言葉の一つ一つが思いやりに溢れていて、自分はクロヴィスの妻になりたかったのではなく、この二人の娘になりたかったのだと改めて思った。

「今日はあのドレスを着てきてくれなかったのね」

「あれは……私にはもう着る資格がありませんので……」

リリーに伸ばされたオレリアの細く美しい手を恐る恐る握る。残念そうにドレスの話をするオレリアに一度顔を上げるが、リリーはすぐに俯いてしまった。

「あれはクロヴィスの婚約者に贈ったんじゃないの。リリーちゃんに贈ったのよ。だからいつ着てもいいの。あなたのために作った、あなたのサイズのドレスよ。あなたにしか着られないのに、箱にしまっておくの？」

「そ、それは……」

「私の誕生日には着てくれるでしょう？」

断れるはずがなかった。涙が出そうになるほど嬉しい言葉、優しい声に顔を上げると、全てを包み込むような慈愛に満ちた表情がそこにあった。

「今度ディナーに招待しよう。来てくれるだろう？」

「え、あ、はい！　ありがとうございます」

王からの直々の招待に戸惑いながらも笑顔で頷く。

元婚約者の両親からディナーに招かれるなんて普通ではありえないことだろうが、リリーは断るすべを持っていない。何よりリリーはこの二人が大好きだったから、二人が向けてくれる厚意を無下にできなかった。

「俺は前から誘っていたのですが、ずっと断られていました」

「愛想を尽かされる前に誕生日が来て良かったな。このような場でなければ誘うすべもなかったのだぞ。お前は反省しろ」

クロヴィスの言葉を蹴飛ばすような王の言い方にリリーは笑ってしまう。決して息子を溺愛しない王とほとんど感情を見せない息子の会話はいつも面白くて、子供の頃から大好きだった。

「――クロヴィス様」

和《なご》やかな場に小さな爆弾が転がってきたのを、その場にいた全員が感じた。

控えめな声で、しかし身体はクロヴィスの傍に寄ってちゃっかり腕に手を添えている。

呼ばれてもいないのに簡単に輪に入ってきた常識外れの行動に、リリーはフレデリックを目で捜した。すぐ傍にはいたものの、無言で首を振るだけ。止めたが行ってしまったとでもいうような様子に、リリーは思わず拳《こぶし》を握りしめた。

「彼女は？」

「救済枠で入学した優秀な生徒です」

「エステル・クレージュでございます。私は――」

「そうか。では、このような場にいつまでも居座っていないで勉学に励《はげ》みなさい」

「え……？」

王の発言には皆が驚いた。

「君はなんのためにあの学園に身を置いているのだ？　正しき場で学び、知識を得るためだろう？」

「は、はい……」

「ならばすることは一つしかないはずだ」

顔は落ち込んでいるように見えるが、リリーはエステルが拳《こぶし》を作るのを見逃さなかった。言いたいことはなんとなくわかる。相手がリリーであれば着飾って王子を祝うことさえ許されないのかと猛反論してきただろうが、今の相手はこの国の象徴である王で、自分が狙っている男の父親だ。反抗などできるはずがない。

「息子を祝おうというそなたの優しき心は受け取るが、それは言葉だけでもじゅうぶんなはずだ。そなたには皆のように着飾って暇を持て余す時間はないだろう？　救済枠の進級試験は入試ほど甘くはない。こんな場所で過ごしながらでも進級できる自信があるというのなら話は別だが」

ジュラルドの言葉は正しくもあり残酷でもあった。

差別禁止を掲げる学校に通うエステルにとってジュラルドの言葉はショックだったろうが、周りの誰もそれをフォローしようとはしない。貴族に生まれ貴族として生きる彼らには彼らのルールがあって、いくら学校が差別禁止を掲げていようと彼らは変わらない。所詮は学校が掲げるスローガン、という程度の認識しかされていないのだから。

「君もあの学園の一生徒であるのだから、このパーティーへの出席は構わない。だがそれは進級になんの問題もない場合だ」

「勉強は毎日しています……！」

「では、三日後に迫った試験で満点を取れるという自信があるのだな？」

「満点は……」

満点という言葉に臆《おく》した様子を見せるエステルに、王は大きな溜息をついた。

「進級できれば良い、卒業できれば良いと考えているのか？」

「そ、それは……」

ジュラルドの言葉に、エステルが助けを求めるようにクロヴィスの服をギュッと掴んで見つめるが、クロヴィスは何も言おうとはしない。

【救済枠】で入学したのだから学ぶために学園に来たと言っても過言ではなく、むしろそう考えられて当然なのだ。

貧民街の者にも優秀な者はいる。その者達にもチャンスを、という慈悲で設けられたのが【救済枠】。決して貴族ごっこをさせるために設けられたものではない。

「彼女は――リリーはいつも満点を取っていた」

「それはっ！」

「わかっている。育ってきた環境が違うと言いたいのだろう？」

「はい」

王に反論しようとする強気な態度にクロヴィスの表情が少しではあるが変わったことに、エステルは気付いていない。

「そなたに問うが、授業内容は全て理解できているか？」

「……はい」

「では次の試験は満点を取れるということだな？」

「それは……」

「どうした？　理解できているのであれば満点を取れて当然だろう？」

こういう意地悪な問いかけはクロヴィスが苦手とするものだった。今でこそなんでも完璧にこなす男に成長したが、幼い頃はジュラルドからのこうしたプレッシャーに何度も押し潰されそうになっていたのをリリーはよく見ていた。

普通だったら逃げ帰るだろう状況でこの場に立ち続けるエステルの根性は本当に見上げたものだった。

「クロヴィスは愚かな男だ。まともな判断一つできんのだからな。そんな男の傍にいても君の将来はない。もっと利口でまともな男を探しなさい。あの学園にはクロヴィスより賢い男は大勢いるはずだ」

「クロヴィス様は素敵なお方です。私のような者にも分け隔てなく接してくださり――」

「甘やかすことは優しさではない」

あまりにも冷たく放たれた言葉に、誰も庇《かば》うことさえできなかった。

顔を青くして俯くエステルからリリーへと視線を移したジュラルドとオレリアは立ち上がると、数段ある階段を下りて彼女の目の前まで歩いてくる。

「私達はこれで失礼する。続きはまた次の機会にな」

「楽しみにしてるわね」

リリーが二人を笑顔で見送る間も、エステルは青い顔のまま震えてクロヴィスの袖を離さなかった。

「はあ……」

クロヴィスの溜息にエステルの肩が大袈裟なほど揺れる。

（とんでもないことになっちゃった……）

リリーはこの状況をどうしようか迷っていた。ヒロインが愛想を尽かされることはあるが、それはあくまでも王子の勘違いによってであって、自ら墓穴を掘るヒロインなどいない。

エステルはきっと、クロヴィスからジュラルドへ何か伝わっていると思っていたはず。そして今回はジュラルド達に認めてもらう場にしたかったのだろう。公認されたら正式なヒロインになれる。それがあんな風に壊されたのは、エステルにとっても予想外だったに違いない。

（だったら今日は可哀相なヒロインにしてあげる）

目を閉じて口元に笑みを浮かべたリリーは、ゆっくりとエステルに向き直った。

「身の程知らずが前に出るからですわ」

「……なんですか」

「これでよくわかったのではなくて？　いくらドレスを新調しようと、あなたが貧しい人間であることには変わりありませんの。貴族ごっこに浸《ひた》っている暇があるのなら部屋にこもって勉強するべきなのではなくて？」

「わ、私だってあなたと同じ学園の生徒です！」

「媚《こび》を売っていれば自動的にわたくしの後釜に収まれるとでも思っていたのかしら？　ふふっ、愚かな女は愚かな男を好きになる。うふふっ、さすがですわ」

エステルのついでにクロヴィスも批判したのは、普段のしつこさへの仕返し。

「私は救済枠だから、クロヴィス様のお祝いに駆け付けてはいけないとおっしゃるのですか？」

エステルの本気の反論に、リリーは思いきり鼻で笑ってやる。

「言われたことをもうお忘れに？　後日、学園で、祝えばいいでしょう。わざわざドレスを新調させ、陛下の前にまで飛び出してくるなんて何様のつもりですの？」

「これはクロヴィス様が仕立ててくださったのです！」

「あなたがねだったくせに」

エステルの言葉に、リリーはようやくクロヴィスに目を向ける。しかしクロヴィスはリリーを見るばかりで、エステルのために行動しようとはしなかった。

「馬鹿」

「なっ……」

リリーの呟きにクロヴィスは目を見開いたが、反論はしなかった。

「クロヴィス、クロヴィス、クロヴィスクロヴィスクロヴィスクロヴィスって……クロヴィスの傍にいれば周りから認められるとでも思っていますの？　たかが学園の試験で満点も取れないお馬鹿さんが、王子と釣り合うと、本気で思っているわけではありませんわよね？」

「満点がそんなに大事ですか？」

（は？）

ポカンと開きそうな口をなんとか閉じて目を瞬かせる。何も言い返さなかったのは、涙を浮かべて震えるエステルの表情が演技ではなく本気で悔しがっているように見えたから。

「女は結婚すれば前には出ません。後ろで夫を支えるんです。学校での成績なんて結婚には関係ありません！」

呆れて言葉もなかった。どうやら本気で言っているらしいその顔を見て、リリーは思いきり溜息をつく。

「成績は頭の良し悪しだけを判断するものではありませんのよ？　満点を取るのはもちろんのこと、良い成績を取るのも、それを維持するのにも努力が必要で、成績にはその努力が表れるのです。それを、満点を取ることが大事かなんて、そんなことを聞くこと自体が馬鹿馬鹿しいですわ」

「女が学を得る必要がどこにあるのですか！」

心からの嫌悪感にリリーは表情を取り繕《つくろ》うことができなかった。毎日貴族に囲まれて過ごしながら何もわかっていないエステルが、貴族という肩書きに惚れているだけなのだと伝わってくる。

「私だって努力してます！」

「でも満点が取れないのならそれは努力が足りないということ。当然ですわ。金魚のフンのように彼について回るのだから、勉強の時間など取れないでしょうし、ましてやお菓子作りなんかに時間を費やしているようでは、勉強しているかも怪しいですわね。あなたがすべきなのはそんなくだらない努力ではなく、わたくし達を見返すような努力なのではなくて？」

努力は誰だってしている。だが結果が出ない努力に意味はなく、認められもしない。自分だけが納得する努力と、人に認められる努力は違う。

完璧主義な王子の妻の座を勝ち取ろうとしている女が『努力しているだけ』ではダメなのだ。

「私はあなた達貴族よりずっと努力しています！　この学園に入るのだって、どれだけ努力したか！　あなた達は大した努力もせずに毎日親のお金で遊んでばかりじゃないですか！　生まれた時から王子との結婚が決まっていて、それだけで大きな顔をしていたあなたなんかより、私の方がずっと努力してるんです！」

「コイツがどれだけ努力してるか、お前知ら——」

エステルの言葉にフレデリックが反応しようとするのをリリーは手で止めた。庇《かば》われるのは悪役令嬢として好ましくない。

「努力は自分からひけらかすものではなく、周りに認めてもらうものですわ。自己満足な努力など誰も認めはしません。ああ、でもわたくし、あなたのことは一つだけ認めていますのよ」

リリーの声に高揚感が滲《にじ》んでいる時点で、良い言葉でないことはエステルにもわかっているだろう。

「男性に媚《こ》びる努力。あ、これは努力ではなく生まれ持った才能でしたわね」

わざとエステルの耳に唇を近付けて、内緒話でもするように小声で告げた後、クスッと笑うのも忘れない。そんなリリーにカッと目を見開いたエステルが、手を振り上げた直後——

「はっはっはっは！　さすがは名高きブリエンヌ家のご令嬢だ」

会場に響き渡った笑い声に、その場にいた全員が閉口して声の方を見た。

「やはり気の強い女は美しいな」

燃えるような赤い髪を揺らしながら現れた男に、リリーの表情が固まる。

ユリアス・オルレアン。隣国の王子だ。

気の強そうなのはお互い様だと言いたくなる少し吊り上がった目に、人を挑発するのが上手そうな表情。そしてこの馴《な》れ馴《な》れしい性格はクロヴィスとは正反対だった。

「ユリアス王子、来ていたのか」

「男の誕生祭など来るつもりはなかったが、貴殿が婚約破棄をしたと風の噂で聞いたのでな。あのブリエンヌ家の令嬢を捨てて選んだ女がどれほどの上玉か、拝見しに来た」

遠慮のない言い様に呆気に取られて場は静まり返るが、エステルだけは違った。さっきの怒りはどこへ消えたのか、愛らしい笑顔を浮かべて一歩前へと進み、膝を曲げて挨拶をした。

「初めまして、ユリアス様。私、エステル・クレージュと申しま――」

「しかし。その後釜がこれとはがっかりだ」

「え……」

数多《あまた》の男達を虜《とりこ》にしてきた可愛い声と可愛い笑顔での挨拶だが、ユリアスには通用しなかった。

エステルの方を見向きもせずに肩を竦《すく》めると、ユリアスはそのまま足を進める。

「リリー・アルマリア・ブリエンヌ、久しぶりだな」

「お久しぶりです、ユリアス様」

(なんでこっちに来たのよ！)

笑顔で挨拶を返しながらも、エステルの前からこっちへと移動してきたユリアスを、リリーは快く思っていなかった。

「婚約破棄されたそうだな」

「ええ」

「俺は彼を賢い男だと思っていたが、存外そうでもなかったらしい」

「そのような発言はどうかお控えください」

対応に困るから寄ってきてほしくなかった。ここが学園なら「そうですね」と笑って賛成するのだが、ここには学生だけではなく大勢の大人達もいる。

クロヴィスが愚か者である事実は、否定しないにしても頷くこともできない。

「では、向こうで話さないか？」

「……ええ、かまいませんわ」

本当は行きたくない。嫌ですとハッキリ言ってさっさと帰りたいところだが、この場でクロヴィスの視線を浴び続けるのも嫌だった。笑顔でユリアスの後に続こうとしたリリーの耳に、名前を呼ぶ声が届く。

「どこへ行くつもりだ？」

「ユリアス様とお話をしに行くだけですわ」

「お前はここにいろ。俺の隣に――」

「エステル様がいらっしゃるのに？」

この場でクロヴィスに感情的な発言をさせるのは賢い選択ではないだろう。言葉を遮《さえぎ》ってリリーが問いかけると、エステルの名を挙げるだけでクロヴィスは黙り込む。

だからこそリリーは、クロヴィスの考えが未だわからないでいた。

「ブリエンヌ嬢、こちらへ」

「失礼しますわ」

ユリアスの言葉に軽い会釈で応え、そのままホールを出る。

「君にはもう新しい婚約者が？」

「いえ、まだですわ。色々ありますの」

ホールを出て廊下の突き当たりにあるテラスへと出ると、風がザアッと木々を揺らす。その風の心地よさに、息苦しかった胸もほぐれていった。

「へえ、色々って？」

「わたくしは自分の人生を歩みたいのですわ。誰かのお飾りとなって刺繍《ししゅう》をするだけの人生なんて望んでいませんの」

「他のこともすればいいじゃないか。サロンでお喋《しゃべ》りをしたり、散歩をして花を愛《め》でたり」

「鳥籠の鳥になるつもりもありませんわ」

女は決して弱くない。街に出れば働いている女性もいる。だが、貴族の娘は働かない。屋敷の中でのみ、好きに生きられるだけ。屋敷の中にしかない自由はリリーにとって幸せとは言えない。

かぶりを振って否定するリリーをユリアスは面白そうに見つめていた。

「大体、婚約破棄されるような問題ありの女を自分の嫁にと言う物好きなど――」

言いかけてやめた。嫌な予感がする。

（やめてやめてやめてやめて）

頭をよぎる可能性に、絶対当たるなと必死に願った。

「俺が立候補しよう」

（あああああああああああ！）

リリーは絶望で膝をつきそうになった。

「……ふふっ、面白い冗談ですわね」

どうか冗談だと言ってくれと何度も願う。

「冗談は好きだが、さすがにこんな冗談は言わない。君を妻として迎えたい」

思っていた展開と違う。いや、思っていた展開ではある。

だが、そこに立っているのは自分ではなく、エステルのはずだった。もしくは、悪役令嬢が隣国の王子にアプローチしようとして、相手にされないことはある。

しかしなぜ自分がアプローチされなければならないんだと、リリーは焦っていた。

「わたくしを妻に？　あなたがわたくしに相応《ふさわ》しい男だとでも言いたげですわね」

「俺も王子だ。身分としては申し分ないだろう」

「産まれた時から王子の婚約者だったわたくしが、王子の肩書きに心が揺れるとでも？」

相手が王子というのはもうどうだっていい。小説によっては悪役令嬢に惚れる王子もいたが、リリーにとってその存在は邪魔でしかない。どうせならファンタジーものの魔王のように悪に手を染めている王子の方が相応《ふさわ》しいとさえ思うが、ユリアスにはありえない話。

リリーはかぶりを振り、ここは嫌な女で通そうと肩を竦《すく》めて鼻を鳴らした。

「気の強い女性がお好みであれば他をあたってくださる？　わたくし、あなたのような男性にはこれっぽっちも興味がありませんの」

「じゃあどういう男が好みなんだ？」

（しつこいのよっ）

隣国の王子に好意を寄せられて嫌な気になる令嬢はいないだろう。相手はあのユリアス・オルレアン。結婚するのに申し分のない相手。

しかし、悪役令嬢に王子は必要ない。面倒な王子は一人でじゅうぶんだ。笑顔が引きつりそうになるのを必死に堪《こら》え、リリーは小首を傾げる。

「聡明で真面目な方ですわ。チャラチャラしていない落ち着きのある男性がいいですわね。それでいて少し茶目っ気があって、ああ、背は高い方がいいですし、わたくしの言うことはなんでも聞いてくれるというのは絶対条件ですわ。あとロマンチックで女心がわかっていて、わたくしに付きまとわず、引き際を弁《わきま》えている男性がいたら紹介してくださる？」

そんな男いるかっ！　とフレデリックなら言っているだろう条件を次から次へと口にしてワガママな女を演出した。とにかく今はもう誰からも付きまとわれたくない。

（なんとかこの場で関係を断たなきゃ！）

この男、エステルの自己紹介を断ってまで自分の感情を優先するのだから、気に入った相手には付きまとうタイプかもしれない。

厄介な展開になる前にと焦るリリー。しかし――

「ああ、それなら俺だ」

(冗談でしょ……)

二度目の絶望にリリーは天を仰ぐ。

「俺は君の言うことならなんでも聞いてやれるぐらい心が広いし、落ち着きもあり聡明だ。チャラついているように見えるかもしれないが、実は真面目なんだ。遊び心も持ち合わせているし、背も高い。ロマンチックな演出は得意なんだ。無論、乙女心もわかっている」

「遊び人だという噂はこちらまで届いておりますわよ」

オルレアン家の次男は遊び人で、擦り寄ってくる女には片っ端から手を出すと有名だ。自国では右にも左にも女を侍《はべ》らせて、連れている男は護衛だけとか。そんな人間がよくもそこまで自分を褒められるものだと、呆れを通り越して感心してしまう。

「遊び人だなんて酷《ひど》いな。俺は世の女性を平等に愛しているだけだよ」

「では妻は迎えない方がいいですわね。特別になってしまいますから」

「跡継ぎのことを考えるとそうもいかないだろう」

「お兄様のご子息が跡継ぎですから大丈夫だと思いますけど」

「女しか生まれない可能性もある」

「気合ですわ」

ああ言えばこう言うの繰り返しに、リリーの額に青筋が浮かぶ。

遊び人と名高いだけあってよく回る口にテープを張り付けてやりたかったが、肝心のテープがない。こういうところを面白いと思う女もいるのだろうが、リリーはそうではない。口うるさい男は嫌いだった。

実際にユリアスの生活を見たわけではないため批判することはできないが、それでも世の女性を愛すと言うからには手を出しているのだろう。

「はははははは！」

急に大笑いし始めたユリアスにリリーは目を見開く。

「気合か。そうだな。兄には気合で種を蒔《ま》けと言っておこう」

リリーの投げやりな言葉に大笑いするユリアスの姿は、クロヴィスとは正反対でどこか新鮮だった。

「妻を探しているのならばエステル様でも口説かれてはいかがですか？」

「媚《こ》びることしか能がない女は嫌いなんだ」

「媚《こ》びてなどいませんわ。あれが彼女ですもの」

「女は何もわかっていないんだ。あれは全て計算された作り物だ。声も話し方も仕草も、それこそ瞬きの回数さえもな」

さすがに瞬きの回数までは知らなかったが、計算なのはリリーも知っている。

女心を理解していなければ、遊ぶための女は寄ってこない。エステルの言動が全て計算であることを一瞬で見抜いたのも頷ける。

「……女を知ったような言い方をする男性は、虫唾《むしず》が走るほど大嫌いなんです」

「知ったような、じゃない。知っているから言っているんだ」

「まあ、それは素敵。わたくしの大嫌いなタイプですわ」

「君は女を知らぬ男の方が良いと？」

「ええ。一途な男性に惹《ひ》かれますの」

女を知らない男は男にあらず、と貴族は言う。地位も金も何もかも持っている貴族が一度も女を抱いたことがないなんてありえない、何か訳があると思われる。実際にそれが事実な時もあるし、事実無根の場合もある。

たとえば、セドリックは女を知り尽くしているだろうが、フレデリックはどうなのか怪しいところ。かといって何か問題があるようにも思えず、これればかりは本人の性格の問題だとリリーは思っている。

「なら俺だな」

何をどう解釈すればその答えになるのか聞いてみたかったが、面倒そうだったので口にはしない。

「他の女の垢《あか》がついた手でわたくしに触れようなどとお考えですの？」

「これればかりはどうしようもない。手洗いをしても他の女と手を繋いだ過去は消せない。うがいをしようとキスをした過去は消せない。身体を洗おうと抱いた――」

「もういいですわ！　中古に興味はありませんの」

中古という言葉はあまりにも侮辱的だったが、諦めてもらうにはこういう発言でもしなければ引かなそうだと考えると、言葉を選んではいられなかった。怒るかもしれないという不安を持ちながらリリーが反応を窺《うかが》っていると、ユリアスはまた笑い出す。それも大声で。

「君は本当に面白いな。俺を中古と呼ぶか」

「……怒りませんの？」

「なぜ怒る？　俺は君の言う通り新品じゃない。なら中古という言葉は間違いではないだろう」

変わった男だと思った。クロヴィスに中古発言などしようものならこの場を一瞬で氷漬けにして、氷の剣でリリーは即打ち首だろう。

なのにユリアスは同じ王子という立場でも怒り一つ見せず、寛容に受け入れた。

「まあ無礼は無礼だな。俺が父に言いつけたら国の友好関係にヒビが入る問題じゃないか？」

そんなことは微塵《みじん》も思っていないような笑みを含んだ軽口。年上ということを差し引いても、ユリアスの寛大さはクロヴィスも見習うべきだと思った。爪の垢《あか》でも煎《せん》じて飲ませてもらえばいいのだ。

「一人前の男性がまだ親の権力に甘えようとするなんて、とんだお坊ちゃんですこと」

「使えるものは親でも使えと言うだろう？」

「そういう腐った根性の男性も嫌いです」

リリーが笑顔で嫌いだと言い放つ度に、ユリアスは笑みを浮かべる。目の前で繰り広げられるショーを鑑賞しているような顔に、リリーは大きな溜息を吐く。

「どうした？」

「……鬱陶《うっとう》しい」

「お、本性を現したな」

なぜこうも鬱陶《うっとう》しい男性ばかり周りにいるのか、リリーは自分の運命を呪いたくなった。

「媚《こ》びる女性が嫌なら下町にでも行かれてはいかが？」

「バレた時が面倒だろう？　貴族の娘で気の強い女がいてくれたら——」

「女？」

「女性が、いてくれればなと思っていたんだ」

クロヴィスやフレデリックも女という言い方をするが、ユリアスが言うとなぜか無性にイラッとする。思いきり眉を寄せて淑女にあるまじき顔を披露してから、かぶりを振って庭の方に目を向けた。

「もう帰ります」

「また近いうちに会おう」

「いえ、結構です」

ヒロインに迫らない隣国の王子になど興味はない。リリーにとって自分に迫ってくるユリアスは鬱陶《うっとう》しいだけ。これ以上苛立ちを感じる前に帰ろうと廊下に身体を向けた瞬間、リリーは凍り付いた。

「ク、クロヴィス……」

いつからそこに立っていたのか、クロヴィスが仁王立ちでこちらを見ていた。

「このような場所で二人きりとは、随分仲がいいんだな」

嫌味を言える立場かと蹴り飛ばしたい気持ちを抑えて、深呼吸を一回。

「俺の誕生祭に他の男と長話など、どういうつもりだ」

（出た……）

長話と決めつけるとは、時間でも計っていたのか。リリーは冷めた目を向ける。

「婚約は破棄されたと伺ったが？」

「貴殿には関係のないことだ」

「俺は彼女の婚約者に立候補させてもらった」

「何？」

リリーは今すぐ気絶でもしてこの場から運び出されてしまいたかった。なぜこの男は余計なことばかり口走るのか。

一歩、また一歩と近付いてくるクロヴィスに合わせてユリアスも足を踏み出し、間近で対峙《たいじ》する。間に立つリリーの腕を片方ずつ掴んだ状態での火花の散らし合いに、リリーの身体が怒りで震えた。

「いい加減にして！」

ドカンッと噴火したリリーに二人は目を見開いて黙ったが、掴んだ腕は離れない。少しでも自分の方へ引き寄せようとするせいで、右に左にとリリーの身体が揺れる。

もはやリリーに笑顔を浮かべる気力はなく、思いきり地面を踏みつけようとした時――

「クロヴィス様！」

「おっとっと」

珍しく傍にいないと思っていたエステルが現れた。猛ダッシュで駆け寄り、クロヴィスの腕に抱きつくついでにリリーに身体をぶつけてよろつかせる。その衝撃でクロヴィスの手が離れ、リリーは数歩よろめいてユリアスの腕の中に収まった。

「あ、ごめんなさいリリー様。当たってしまいました。お許しください」

「……いえ、いいんですのよ。大きなお尻ですものね」

「……胸とお尻が大きくて嫌になってしまいます。皆さんは女性らしくて良いと言ってくださるんですけど、私はリリー様のような慎《つつ》ましく柔らかみのない体型になりたかったなって思うんです」

（このチビッ！）

侮辱には侮辱をというように、エステルは笑顔で返してきた。良い度胸だと目を見開いて睨んでやりたかったが、今は一刻も早くこの場からいなくなりたい。必要以上に反応するのはやめておく。

だが、ここでエステルをムキにさせれば、その気の強さにユリアスの想いが変わるのではないかと思いついた。

「クロヴィス、エステル様を置いてまでこっちへ来るなんて、私とユリアス様の仲に嫉妬したのかしら？」

「嫉妬？　なぜ俺が嫉妬するんだ？」

（は？　この人それ本気で言ってるの？）

クロヴィスの間抜けな顔に、リリーは今すぐ髪を掻き乱して叫び出したい衝動に駆られる。

「じゃあどうしてここに？　あなたの誕生祭に私があなた以外の男性といるのが気に入らなかったからでしょ？　違う？」

頬が痙攣《けいれん》を起こしたようにヒクつくのを感じながら、クロヴィスに自覚させるために問いかける。

「お前がなかなか戻ってこないからだ」

「知り尽くした場所で迷子になるとでも思った？」

「お前は方向音痴だからな。俺が手を引いてやらねば昔はいつも迷子になって泣いていただろう」

（五歳の頃の話を持ち出してまでアピールしてくるくせに嫉妬を拒否ってなんなの……？）

呆れて溜息も出ず、冷めた思いでリリーはクロヴィスを見る。

「心配かけてごめんなさいね。でもあなたの手は今は私ではなくエステル様が握ってるから、どうしようもないわね」

「エステル、そろそろ寮に帰――」

「いたっ！」

リリーの言葉を受けてか、クロヴィスがエステルを促すが、小さな悲鳴がそれを遮《さえぎ》った。

急にしゃがみ込んだエステルを、彼が不思議そうに覗き込む。ドレスの裾《すそ》に手を入れて踵《かかと》を押さえ、痛いと涙目になって見せる相変わらずの大女優に、貴族ではなく演劇の世界に飛び込んだ方が成功したのではないかとリリーは思った。

「クロヴィス様、送ってくださいませんか？」

「セドリック……いや、フレデリックに送らせる」

言い直す時にクロヴィスがこちらを見た理由に、リリーはすぐ気付いた。フレデリックとリリーを二人きりにしないよう、エステルを送らせる作戦を取ったに違いない。

「クロヴィス様がいいですっ。フレデリック様、私といると不機嫌になられるので怖くて……」

エステルをエスコートしたフレデリックは不愛想なままほとんど喋《しゃべ》らなかったのだろう。自分からは口を開かず、エステルの言葉に最低限の相槌《あいづち》を打つだけ。そんな様子は想像に難《かた》くない。

「送ってあげたら？　私がフレデリックと帰るから」

「俺がブリエンヌ邸まで送ろうじゃないか」

「待て。話がある。リリーは俺の馬車に乗れ」

「お話なら書面でどうぞ」

握られた手を振り払うリリーの険しい目つきに、クロヴィスが眉を寄せる。

リリーは今、自分でも信じられないほど苛立っていた。クロヴィスという男が全くわからなくなっているのだ。

もし本当に婚約破棄を後悔しているのなら、今ここでエステルを突き放し、リリーの手を握ればいいだけなのに、それをせずにエステルに手を取られたままでいる。握られたところでリリーは断るつもりではあるが、クロヴィスの行動の矛盾に苛立って仕方ない。

「もし本当にわたくしを妻にしたいのであれば、他の女を連れ歩くのをやめてくださる？　侮辱しているとしか思えませんわ」

ヒロインだって失敗する時はある。だから王子と離れ離れになるシリアスな展開が存在するのだ。

この瞬間、エステルをヒロインに据えて、悪役令嬢としてのリリーがすることは、ヒロインを押しのけること。

だがこれは一種の賭けだ。もしクロヴィスが本当にエステルを捨ててしまえば、リリーの夢はここで幕を閉じることになる。だから今は、エステルが本物のヒロインだと信じるしかない。

「では行こうか、リリー」

「ええ」

調子に乗ったユリアスからの呼び捨てに、リリーは笑顔を貼り付けて一緒にその場を離れる。角を曲がる際にちらと目をやったクロヴィスは立ち尽くすだけで、エステルの心配はしていないように見えた。

(お姫様抱っこして医者に見せに行くぐらいしなさいよ!)

王子様らしい行動をしないクロヴィスに苛立ちを覚えつつも、ユリアスに連れられるまま馬車に乗り込む。

「くくっ……ははは、はーっはっはっはっは!」

「な、なに?」

「女の言い争いは醜《みにく》いと言うが本当だったな」

リリーが腰を落ち着けた途端に、その様子を見守っていたユリアスが笑い出した。耳に届いた無礼な言葉に、顔に貼り付けたままの笑みが薄れていく。

「女はいつもあんな風に罵倒し合うのか？」

「ええ。彼女、本当は気が強いんですの。ギャップが凄《すご》いでしょ？」

「ああ、そうだな」

（移れ移れ！）

これは心変わりのチャンスかもしれないと、イベントを起こせそうな予感にリリーは指を組んで目を輝かせた。

「可愛らしい外見とは裏腹に気が強い女性に、興味が湧きませんこと？　知れば知るほど面白い女性かもしれませんわよ」

「興味はない」

ズバッ。

リリーの希望が打ち砕かれるのに三秒も必要なかった。

「俺は、あのように男の隣に立たなければ何もできない女より、一人でも立ち向かう芯の強い女が好きだ」

「わ、わたくしが芯の強い女だと？」

「ああ」

気が強いと言われたことは数えきれないほどあったが、芯が強いと言われたのは初めてだ。ずっと憧れていた悪役令嬢の芯の強さ。それが自分にもあると言われ、喜びを隠せないリリーは満面の笑みを見せた。

「ありがとうございます！　とても嬉しいですわ！」

リリーが勢い込んで礼を言うと、目を瞬かせて黙ったユリアスだが、すぐに胸を押さえてウインクして見せた。

「やはり俺は君に興味がある」

「そうですか。わたくしはありませんけど、ありがとうございます」

「また会おう」

「ええ、機会があれば来世で」

相手の言葉が嬉しかっただけで本人に興味はなく、ときめいたわけでもない。適当な返事で手を振ると、ドアを閉めてもらい馬車を出した。

＊　＊　＊

「最後まで媚《こ》びなかったな」

自国の王子には強気な発言をし、自分にも一切の媚《こび》を見せなかった貴族の娘に心囚われたように、胸を押さえたユリアスはリリーの乗った馬車が見えなくなるまで見送っていた。

クロヴィスが冷たい目をしてその背中を見ているとも知らず……

第六章

「まあ、リリー様ったらお料理もしたことないんですか？」

リリーの部屋にはエステルが訪れていた。正確には、学園に割り当てられた部屋だ。

寄付によって運営が成り立っているこの学園では、寄付が全て。その額が大きければ大きいほど自由が与えられる仕組みとなっており、モンフォール家はもちろんのこと、ブリエンヌ家も多額の寄付をしているため、学園内で自由に使える部屋をいくつかもらっていた。

この日は雨でバラ園には行けないため、リリーは自室でお気に入りの紅茶を飲みながら静かな時間を楽しんでいた。そこへ、エステルが訪ねてきたのだ。

なんの用かもわからないまま紅茶を用意して、たわいない話に咲く花もないまま、エステルの攻撃が始まった。

「料理やお菓子作りはレディの嗜《たしな》みですよ？」

料理の経験など、あるはずがない。貴族には専属のシェフがいて料理をする必要がないと、リアーヌに言われたことをもう忘れたのかと呆れてしまう。

「貴族ですもの」

「でもそれって言い訳ですよね。貴族だから料理しなくてもいい。専属シェフがいるから必要ないって。愛する人に手料理を作ろうとか思わなかったんですか？」

「手作りが最高だと言いたげですわね？」

「もちろんです」

「シェフを雇えない貧乏人はそうでしょうね」

は？　とでも言いたかったのだろう。開いた口をゆっくりと閉じ、歯を食いしばるエステルの様子に、リリーは目を細めた。

手作りのクッキーだとか手料理だとか、リリーは考えたこともない。当然クロヴィスに何かを作ったこともない。それを悪いと思ったこともないし、今この瞬間だって思ってはいない。

「恋人が一生懸命食事を作ってくれるんですよ？　嬉しいに決まってるじゃないですか！」

「一生懸命頑張って作ったアピールにうんざりする男性もいると思いますけど。押し付けがましい女は愛されませんわよ？」

「そんなこと思う男性は恋人を本当に愛してはいないんです！　それに、私のは押し付けではなく一般論です！」

「貧民の？」

リリーがクスッと笑うと、カッとなったエステルが強くテーブルを叩いた。

ここには観客はいない。エステルが狙っているクロヴィスも、リリーの擁護者であるオリオール兄弟もいない。エステルがどんな風に振る舞おうと、誰にも咎《とが》められず評判が落ちることもないのだ。エステルはそれをわかっていた。

「あなたが一般論だと思って常識のように話している内容は、わたくし達貴族にとっては何も当たり前ではなく、むしろ非常識ですの。以前、リアーヌ様が丁寧に教えてくださったことも、その様子ではもうお忘れのようですから、もう一度お教えしますわ。わたくし達貴族の専属シェフには、一流の教育を受けたプロだけが配属されていますの。ただ水や洗剤で丁寧に洗っただけのものを綺麗にしたと豪語するあなたとは違うのです」

「貴族だからっていつもいつも私を見下してるその性格の悪さ、皆知ってますよ！　だから顔がキツイって言われてるんです！」

急にリリーへの個人攻撃に走るエステルの表情が段々と歪《ゆが》んでいくのは、余裕のなさの表れ。単なる恋愛小説の中の純粋なヒロインではない、全て計算ずくのこのヒロインを、リリーは煩《わずら》わしくも面白いと思っていた。

王子に気に入られたヒロインが気に食わなくてイジメる悪役令嬢ではなく、自分以外の女を排除しようとするヒロインの性悪さを許せず対峙《たいじ》する悪役令嬢。

リリーの理想とする展開だった。

「なんと言われようと構いません。あなたが計算ずくのあざとい女だと言われていようとも、表と裏の顔が違うのがバレバレだと言われていようとも、男に媚《こ》びるしか能がない性根まで貧しい女だと言われていようと、わたくしは気にしていません」

「なっ⁉」

エステルの言葉が詰まった。自分がそこまで言われているとは知らなかったのだろう。目を左右に動かして明らかな動揺を見せながら、震える手を握ってキッとリリーを睨み付けた。

「わたくしは事実を言ったまでですわ」

「事実って……！」

「王子の婚約者になりたいのでしょう？　わたくしの後釜に収まりたいと、必死に奔走《ほんそう》しているのでしょう？　地を這《は》うネズミのように動くのは得意分野ですものね」

気持ちはわかる。生まれる場所は誰にも選べない。望んで貧しい家を選ぶ者はいないだろう。そして、チャンスがあるのなら誰だって「いつかは」と思うはず。

エステルは今、そのチャンスを掴める場所まで来ているのだ。自分の能力を駆使してクロヴィスの懐《ふところ》にまで入り込めた。最初こそ婚約者持ちだったが、運良くクロヴィス自ら婚約破棄を言い渡して独り身となったのだから、もっと貪欲にもなる。

チャンスは今。エステルが必死になるのは当然だった。

しかし、そのこととリリーが攻撃の手を緩めるのとはまた別物。

「クロヴィスがわたくしを婚約者に戻そうとしていることがそんなに気に入りませんこと？」

「ええ、とっても！　あなたのような差別主義者が彼の横に立っていいはずないんですから！」

正論も正論。ど正論をぶちかまされたリリーは今までなら言葉をなくし、それを認めていただろうが、今のリリーは悪役令嬢見習い。ここで正論を受け止めて謝るわけにはいかなかった。

「仕方がないでしょう？　ここは貴族の寄付で成り立っている貴族のための学校。本来ならあなたのような教養も品性もない人間は足を踏み入れることさえ許されませんのよ？　それをふざけた方針を作り上げた学長のおかげで入れただけだというのに、最近のあなたはまるで自分が貴族にでもなったかのような振る舞いばかり。今から王妃となった時のための予行演習のおつもり？」

「私もここの生徒ですから。周りの方に合わせるのがそんなにおかしいことですか？」

「いいえ、むしろ褒めていますのよ。夢を持つというのはとても素晴らしいことですわ。それが叶わぬ夢だとしても——何をっ！」

リリーが貶《けな》し終えるまでエステルは待てなかった。目の前に置かれた手付かずのティーカップを持つと、エステルは勢い良くその中身を自分の顔にかけたのである。湯気が立つ熱い紅茶を。

「キャァアアァアァアァアァアッ！」

エステルの悲鳴が部屋中に響き渡る。

「いかがなさいました？」

「リリー様が！　リリー様がぁ！」

何が起こったのか、なぜそんな行動に出たのか、リリーには理解不能だった。あの紅茶がどれほどの熱さかは手で触れずとも湯気を見ればわかることなのに、エステルは迷いなく紅茶をかぶった。

そして大きな悲鳴を上げて床に倒れ込み、駆け付けた者達にリリーにやられたと泣いて訴える。

「何事だ？」

「く、クロヴィス王子！　リリー様がエステル様に紅茶をおかけになったようです！」

「赤くなっているな。医務室に連れていけ」

クロヴィスの目つきが厳しいものに変わった。リリーの方へ踏み出しかけたクロヴィスのズボンを、床に座り込んでいるエステルが掴む。

「クロヴィス様、連れていってくださいませんか……。怖いんです。痛くて……怖いっ」

まるで吹雪の中にいるか風邪をひいているかのように全身を震わせながら顔を押さえたエステルは、本当に怯えているように見えた。

顔を押さえているせいで表情を確認できないこともあって、いつものように笑っているかはわからないが、自らしでかしたのだから、怯えであるはずがない。

だが、自分からであろうともエステルは実際に熱い紅茶を浴びたのだから、全てを演技だと言いきるにはリリーには残酷さが足りなかった。

「わかった。少し待て。一つだけ確認する」

「クロヴィス様！」

「リリー、本当にお前がやったのか？」

しがみつくエステルから離れ、自分に近付いてくる男の冷たい目と視線が絡む。

「頭からかけようと思っていたのに、エステル様が動かれたのでお顔にかかってしまったのです。でもまあ、あの分厚いお化粧のおかげで火傷《やけど》はしていないのでは？」

「反省はないということか？」

「ええ、貧民など虐《しいた》げられるべき存在ですもの。あら、もしかして今日のことでわたくしは婚約破棄の撤回を撤回されるのかしら？」

「……黙れ」

「ええ、黙りますわ。話すことなどもうありませんし」

ここで慌てるわけにはいかない。自分ではないと告白してはそれこそヒロインになってしまう。せっかく場を作ってもらったのだからと、声に怒気をはらませるクロヴィスを前に、リリーは鼻を鳴らして肩を竦《すく》めた。

こんなにも明らかな怒りを向けられるのは初めてで本心では背筋が凍るほど怖かったが、今はそれを見せるわけにはいかない。手が震えてボロが出る前にと扇子《せんす》を握りしめて部屋を出る。

「通してくれ！」

背後からは、エステルの悲鳴に集まった群衆達に、道を開けるように言う男子生徒の声が聞こえた。しかしリリーはそれを振り返って確認することはせず、足を止めずにただ真っ直ぐ廊下を歩いていく。

心臓が異常な速さで脈を打ち、気を抜けば今にも震えた脚が身体を支えることをやめそうで、リリーは通り過ぎ様に誰かに声をかけられても、返事もせずに歩き続けた。

（どこか一人になれる場所まで行かなくちゃ）

エステルは当然ながら翌日、学校を休んでいた。

そして、リリーの立場は一変した。

「まさかリリー様がそんなことをなさるなんて……」

「ショックよね……」

「クロヴィス王子の前では猫かぶってただけだろ。最近の言動は目に余るものがあった」

「性格変わったよな」
リリーがエステルに熱い紅茶をかけたという噂は一夜にして学園中に広まっていた。門から教室までの道で、ヒソヒソと囁《ささや》く声を何度聞いただろう。だが、リリーは気にしていない。噂は真実ではないが、こうなることは予想できていたから。

クロヴィスに問われた時に自分はやっていないと言えばこんな展開にはならなかったのだろうが、弁明しなかった以上、クロヴィスもエステルも、医師には当然リリーがしたと話すだろう。

今更言い逃れはできないし、する気もなかった。

これこそ悪役令嬢の立ち位置なのだと、感謝したい気持ちさえある。

「リリー様、私達はリリー様を信じていますわ」

「ありがとうございます。でも事実ですから」

リリーを慕《した》う令嬢達は、こうした噂が立つ中でもリリーから離れようとはせず信じてくれた。

「リリー・アルマリア・ブリエンヌ」

「おはようございます、アルフォンス学長」

「すぐに学長室に来なさい」

（当然よね）

昨日のうちに呼び出されなかったのが奇跡だと思うぐらいには遅い呼び出しだった。蛇を連想させる鋭い目つきが、有無を言わさない雰囲気を醸《かも》し出している。

心配の声をかけてくれる女子生徒に笑顔を向け、リリーは学長の後について学長室へ入った。

「昨日起きた事件だが、記憶はあるかな？」

「ええ、もちろんですわ」

〝事件〟扱いとは立派なものだと、つい嫌味が口を突いて出そうになる。

「彼女は顔に火傷《やけど》を負った。その理由はわかっているね？」

「わたくしが、彼女の顔に、紅茶をかけたから、ですわ」

本当は『彼女が自分で、自分の顔に、紅茶をかけたから』だが、言うつもりはない。これでようやくずっと思い描いていた悪役令嬢のポジションに立てた気がしているのだから。皆から嫌われ、孤立とまではいかなくとも本性がバレたような形にはなった。ヒロインに怪我を負わせ、王子はこれでヒロインにベッタリとなるだろう。

だからリリーに後悔はなかった。

「なぜそんな真似を？　あれだけの火傷《やけど》だ。まだ淹《い》れてそれほど時間も経っていなかったのではないかな？」

「ええ」

「熱い紅茶をかければ相手がどうなるかぐらいわかるだろう？」

「ええ」

「わかっていながらやったと？」

「ええ」

リリーは一瞬だけ迷った。ここで泣く演技をして、本当はエステルが自分から紅茶をかぶったのだと、真実を明かそうかどうか。そうすればエステルの立場は一気に悪くなるはず。しかし、一度認めてしまったことを今更撤回して、ボロが出ては困る。

悪役令嬢にはヒロインが必要で、それはエステル以外にはきっと務まらないもの。リリーの目的達成のためにはエステルが必要不可欠だった。

「君はそういうことをするタイプには見えないんだがね？」

「婚約破棄をされておかしくなったのでしょうね。自分でも驚きですわ」

「そんな喋《しゃべ》り方もしなかったじゃないか」

「わたくしも貴族ですもの。こういう喋《しゃべ》り方をしないわけではありませんわ」

だが、ふとした瞬間に馬鹿馬鹿しく思うことがある。悪役令嬢になることになんの意味があるのだろうと。今まで培《つちか》ってきたものを全て崩してまで、悪役令嬢に執着する意味はなんだと。

今、リリーの心は婚約を破棄された時に比べると少し冷めていた。笑顔を貼り付けて淡々と答えるこの無駄な時間を、一刻も早く終わらせたかった。

「今回、君がしでかしたことは喧嘩では済まされない」

「そうですか」

「クロヴィス王子も、まさか君がと驚きと落胆を隠せない様子だった」

「そうでしょうね。でも彼とわたくしはもうなんの関係もありませんから」

「そうか」

頭にあるのはクロヴィスの反応やエステルの勝ち誇った顔ではなく、激怒した父親に頬をぶたれるだろうこの後のこと。昨日はリリーの家にも話は伝わらず、父親はいつも通りの様子だった。

とはいえ感情的になったからといえど何もあそこまでの行動に走らずとも他に方法はいくらでもあっただろうに、エステルの激情がリリーには理解不能だった。

「君の処分は他の先生方と話し合って決める」

「朗報をお待ちしてますわ」

学長室を出たリリーは静かに長い溜息を吐き出す。

「性悪女」

ふと聞こえた言葉に振り向くと、顔を逸らさず真っ直ぐ睨み付けてくる男と目が合った。肌質や制服の着方からして貴族ではなく、エステルと同じ救済枠の生徒らしいことはすぐにわかった。

「なんですって？」

リリーがヒールを鳴らしながら男へと寄っていく。

「エステルちゃんの可愛い顔に火傷《やけど》させやがって。お前みたいな性悪女はさっさと消えろ！　貴族だからって偉ぶってんじゃねぇぞ！」

さすが貧民だと言いたくなるような言葉遣いに、リリーは一度目を閉じる。

「アイツがお前を捨てたのも納得だぜ。お前の性悪さに耐えられなかったんだろうな。お前みたいなデカい女、エステルちゃんとは比べるまでもないもんなぁ？　捨てられた女のくせに何普通の顔して登校してんだよ。恥を知れよ恥を。ああ、無理か。お偉い貴族様が恥なんか知ってるわけないよな」

馬鹿にしたようにククッと喉の奥を鳴らして笑う男の言葉が止まるまで、リリーは口を開かなかった。ただ、さほど変わらない背丈の男を真っ直ぐ見つめ、仁王立ちをする。

「なんだよ。返す言葉もねぇってか？　ははっ、そうだよなぁ！　あるわけねぇよなぁ！　だからエステルちゃんに酷《ひど》いことしたんだもんな？　あの可愛い顔が気に入らなくてやったんだろ？　そうなんだろ！　この嫉妬にまみれたクズがよぉ！」

何も言わないリリーを怒鳴り付ける、男の大きな声が廊下に響き渡る。

「おい、なんとか言ってみろよ！」

怯えることもしないリリーの態度に苛立ったのか、男は更に声を大にして詰め寄った。リリーはそれを意にも介さず、深く溜息をつく。

「ドブネズミがどれだけ必死に鳴いたところで誰も気に留めやしないのに、ご苦労様」

「なっ、なんだと？」

目を見開いて怒りに身体を震わせる男の胸元に、リリーは扇子《せんす》を突き付けた。

「面倒だけど、教養のない人間のようだから教えてあげる。私は貴族だから偉ぶってるんじゃない。偉いのよ。公爵家の娘ですもの。本来ならあなたのようなドブネズミがこうして気安く話しかけるなんて許されないのよ？　おわかり？」

トントンッと胸を叩いて目を細める。

「それに私は王子の婚約者だからこの学園に通っているわけじゃないの。この学園の生徒だから通っているの。そんなこともわからないなんてさすがは貧民。自分がドブ臭いのも忘れて貴族に声をかけるなんて何様のつもり？　ああ、この学園に入れたから勘違いしているのね？　恥ずかしい。エステル・クレージュと同じだわ」

リリーが口を開けば開くほど、男の顔は赤くなり身体の震えは大きくなる。堂々と胸を張って悪口を言うのは性悪女で間違いないが、悪役令嬢はそんなことは気にしない。

「ふざけんな！　馬鹿にしやがって！」

男が拳《こぶし》を振り上げた。思わず目を閉じて殴られる覚悟をしたリリーだったが、痛みも衝撃もやってこない。

「……フレデリック」

「何やってんだ？」

「うぎゃああっ！　折れる！」

フレデリックが男の腕を掴んでねじ上げているのが見えた。その後ろにはセドリックが控えており、言葉はないものの呆れたように肩を竦《すく》めている。

「このドブネズミが馴《な》れ馴《な》れしく性悪と声をかけてきたものだから言葉遊びをしていただけですわ」

「学校でその言葉はダメだよ」

「処分まで数日しかないんですもの。楽しまなくちゃ」

「リリー、ちょっと話せるか？」

「いいえ、あなた達と遊んでいる時間はありませんの。失礼しますわ」

二人がなぜここにいるのかはわからないが、これ以上は話をしたくなかった。身近であればあるほどリリーへの理解は深く、特にこの二人はエステルよりもリリーを信じている。悪役令嬢になりたいなんて明かさなければ良かったと後悔していた。

「お前という娘は私にどれだけ恥をかかせれば気が済むんだ！」

案の定、家に帰ると頬をぶたれた。渾身《こんしん》の力で叩かれた頬の痛みよりも頭そのものへの衝撃の方が大きくて、顔は強制的に逸らされ、耳の奥でキーンと高い音が鳴る。

「なぜそうやって問題ばかり起こすんだ！　せっかくクロヴィス王子が寛大なお心で許してくださったというのに、なぜまた同じことをやらかすんだ！」

「浮気相手を痛い目に遭わせるのは悪いことですの？　単なる仕返しですわ」

「王子は浮気などしていないだろう！」

「じゃああの女は誰ですの？　わたくしが婚約破棄された時も王子の隣にいて、今もいつも王子の傍に寄り添っていますのよ？」

「勝手について回るハエだと思えばいいだろう！　王子は婚約破棄を撤回すると言ってくれたんだぞ！」

「撤回すると言いながら、彼はわたくしより彼女を信じましたわね」

リリーの父フィルマンは娘を盲信する親バカではない。愛はあるが、他の貴族がそうするように無条件で溺愛しているわけではなかった。だからリリーも、父親に何かを期待することはなかった。

今もそうだ。大事なのは娘ではなく自己保身。

「どうせお前は退学だ」

「でしょうね」

「もう学校には行かなくていい！　その代わり、これだけは行ってこい」

「なんですの？」

差し出された一枚の封筒には見覚えのある家紋の封蝋《ふうろう》。既に封が切られているため中身を取り出して目を通した。

「……ユリアス王子の誕生祭？」

「ああ、そうだ。クロヴィス王子ほどではないが、そこそこ権力はあるだろう。媚《こ》びてこい」

娘に言う台詞《せりふ》とは思えない父親の言葉に、反論する元気はもうなかった。呆れて疲れきったリリーは、返事をしないままグシャリと手紙を握り潰す。

「パーティーには必ず行け！」

反抗的な娘の態度に怒鳴る父親に背を向けて、リリーはそのまま部屋を出た。

「行かれるのですか？」

「行かなきゃ勘当でしょうね」

「修道女も悪くないかと」

「やめてよ」

「踊り子でもしますか？」

「やらない！」

アネットは勘当されるつもりで反抗してはどうかと言いたいらしいが、リリーは何も親に反抗したいわけではない。

小説の中の悪役令嬢はこれでもかというほど親が優しいことが多い。娘がワガママを言って困らせても怒鳴りつけたりせずに困った顔をして終わる。だが、現実はそんなに甘くない。

もし仮にオリオール兄弟が言うようにリリーがヒロインという可能性があったとしても、父親があれではそんなことなどありえない。ヒロインの両親にしたって、もっと優しいのだから。

リリーは肩を竦《すく》めた。

「馬鹿みたい」

悪役令嬢になるために学校を退学になり、王子との再婚約の可能性は消滅。父親には殴られ、今は修道女になるか踊り子になるかの選択肢のみが残された惨めな状況に陥《おちい》っている。

「では、行くしかありませんね」

「はあ……」

握り潰した招待状に視線を向けるアネットに、リリーは溜息をついた。選択肢はあるようで、ないのだ。

「なんでこうなるかなぁ」

もっと楽しいものだと思っていた。それなのに現実はそれとは程遠く、苦難ばかり。大好きな小説のような展開に浮かれ、考えが甘かった。リリーは倒れるようにベッドにダイブする。

窓は鳴らない。

事件の真相の再確認もない。

(クロヴィスは今頃、エステル様の傍にいるんでしょうね)

気にする必要はない。彼はもう婚約者ではないのだから。

「これが悪役令嬢なの？」

これでは悪役令嬢が主役の物語ではなく、普通の恋愛小説に出てくる惨めな悪役令嬢だ。これが現実なのだと自嘲するリリーに、アネットがそっと毛布をかけた。

第七章

学校に行かなくなって二週間。まだ処分が決定しないことに苛立ちを感じ始めていたリリーの今日の予定は、隣国の王子であるユリアス・オルレアンの誕生祭に参加すること。

(どうして学校に行けないのにパーティーには行かなきゃならないのよ)

移動する馬車の中で何度目かわからない溜息を吐く。

「バラのエキスでも飲んでるのか？」

「は？」

「お前の溜息はバラの香りがする」

「ローズティーを飲んだだけよ。っていうか、その発言は気持ち悪い……」

リリー一人で行くはずが、フレデリックが護衛として一緒に行くと言って聞かなかった。向かいの席に座る男の言葉に眉を寄せる。

「向こうの馬車に乗ってなくていいの？」

「セドリックがいる」

「馬車が襲われた時、セドリックだけで相手できるの？」

「クロヴィスも戦えるんだ。問題ない」

クロヴィスも決して弱くはない。もし何者かの襲撃に遭ったとしても、クロヴィスは自分でどうにかできるだろう。だからフレデリックはリリーの馬車に乗ったのだ。

馬車の中でリリーとフレデリックが二人きりになることと、リリーの馬車が襲撃に遭った時のことを天秤《てんびん》にかけた結果、クロヴィスはリリーの安全を選んだのだろう。

自分が乗ると言わなかっただけ偉いと、本人には言わないが心の中で褒めておいた。

「よく許しが出たわね」

「別に。俺は雇われてるわけじゃない。給料もらってるわけじゃないしな。まだ正式な騎士になってない今なら、俺にだって選択権はある」

「見習いだものね」

フレデリックらしい言い分だとリリーが小さく笑うと、フレデリックも同じように微笑んだ。

「……大丈夫か？」

かけられた言葉にもう一度リリーが笑う。しかし、その笑みは決して穏やかなものではなく苦笑に近い。

「大丈夫に決まってるじゃない。悪役令嬢よ？」

「悪役令嬢だって人間だ。機械じゃねぇだろ」

「嫌われても芯が強いのが悪役令嬢。私はクロヴィスの婚約者として、耐えることを学んできたの。ちょっとやそっとで傷ついたりしないわ。そういうのはヒロインの仕事」

自分が思い描いていた以上の展開になっているのは事実で、出来としては悪くない。この先一生悪役令嬢として生きられるとは思っていない。これは結婚するまでの、子供のような足掻《あが》き。結婚して、夫や家のお飾りになったら「馬鹿なことをした」と今日を自嘲する日がきっと来る。その日までの遊びなのだ。

「隣国の王子様はお前を気に入ってるみたいだな」

「可愛らしいヒロインよりも性格の悪い悪役令嬢がお好みみたいね。媚《こ》びられることに飽きたそうよ。贅沢な話よね」

ヒロインであるエステルが隣国の王子ユリアスに迫られて自国の王子クロヴィスと板挟みになる展開を想像していたのに、隣国の王子が気になっているのはエステルではなくリリー。

夢は夢のまま終わるから美しいと言う者がいたのを思い出し、リリーも今、その言葉に同意しつつあった。

「悪役令嬢にこだわる必要あるのか？　お前の立場ばっか悪くなっていくんだぞ」

「……それでこそ悪役令嬢だわ」

品行方正に生きていれば苦労のない人生を歩むことができる。約束された未来がある。でも過去を振り返った時、思い出して笑うものがない人生でいいのかと考えると、頷けない自分がいた。たとえその笑いが自嘲だったとしても自分を誇れる瞬間を作りたかった。

これは今しかできないことだから。

「フィルマンさんはなんて？」

「ユリアス王子の心臓を鷲《わし》掴みにするまで帰ってくるなって」

「だろうな。娘の異常行動のせいで父親はイカレちまったってもっぱらの噂だぜ」

社交場でもあんな感じなのかと想像するだけで絶句してしまう。

人の意見や目を気にしすぎるリリーの父親に、ヒロインの父親ポジションは相応《ふさわ》しくない。簡単に欲に目がくらむ人間なのだから。

しかしそう考えると、前には否定したがやはり悪役令嬢の父親としては合っているのかもしれない。

「で、当人はどうするつもりなんだ？」

「社交辞令を交わしに行くだけ。挨拶したらすぐ帰るつもりよ」

長居しても意味がない。会場に着けばフレデリックはクロヴィスの傍に戻り、リリーは一人になる。自国の貴族も出席しているから嫌な視線を浴びるだろうことは覚悟しているが、それを満面の笑みで受け止めてこそ悪役令嬢だと、拳《こぶし》を握って気合を入れた。

「その時は送るからな」

「いい。いらない」

「リリー」

「お願いだから、ヒロインを助ける幼馴染《おさななじみ》みたいなことをするのはやめて。こういう状況は悪役令嬢には普通なの。それなのにあなた達のせいで私はただの可哀相な人間になる。惨めになってるの。だからほっといて」

幼い頃からフレデリックはいつもリリーの傍にいて何かと力になってくれた。怯えるリリーを追い回す犬を追い払うのも、庭で食事を狙う鳥からも、変な貴族に絡まれた時も、いつもフレデリックが守ってくれた。それでリリーも自然とクロヴィスよりもフレデリックを頼るようになっていた。

だが、皮肉にも今はそれが邪魔になる。

「……何かあったら絶対に言えよ」

「ええ、ありがとう」

フレデリックはリリーを馬車から下ろすと、先に着いた馬車の前で待っていたクロヴィスに呼ばれて行ってしまった。

「謝罪には行かなかったそうだな？」

フレデリックを呼んでおきながら、相変わらずの鋭い目つきでクロヴィスが寄ってくる。その冷たい声にリリーは静かに一度深呼吸をした後、気持ちを切り替えて鼻を鳴らした。

「わたくしが謝罪？　貧民の分際で身の程を弁《わきま》えずに生意気な口を利《き》くから、躾《しつけ》のためにしたまでです。それをなぜ謝らなければなりませんの？」

「どのような経緯があろうと、お前が火傷《やけど》を負わせたことは事実だ」

「新しい婚約者の前で格好つけるおつもり？」

「リリー」

「未来の妻に謝ってほしいのなら素直にそうおっしゃっては？　大勢の前でわたくしに頭を下げさせたいのであれば、そうおっしゃればいいではありませんか」

エステルはリリーに挨拶もせずクロヴィスの後ろに隠れている。その顔にはもう火傷《やけど》の痕はない。

今日もちゃっかり紫のドレスを身に纏《まと》う厚顔さには呆れて言葉もないが、エステルの考えが手に取るようにわかり、笑いが込み上げてくる。

婚約破棄を撤回すると言いながら、パーティーには必ずエステルを同行させているのだから、クロヴィスの気持ちがどこを向いているのかわからなかった。

少し前に出たエステルは、お得意の勇気を振り絞ったような震えを見せながら、リリーと向き合った。

「あ、謝ってください……」

「エステル」

リリーの言葉通りストレートに謝罪を要求してきたエステルにクロヴィスが顔を向ける。

「お断りですわ」

「なっ……!?　ご自分で言われたのではありませんか！」

「謝ってほしいのならそう言えとは言いましたけど、言えば謝るとは言ってませんもの。わざわざ前に出てきてまで謝罪を要求するだなんて、ふふっ、やはり心の卑《いや》しさは隠せないものですわね」

馬鹿にしたようにリリーが笑うと、クロヴィスの表情が歪《ゆが》む。同じように後ろでフレデリックの顔も歪《ゆが》んでいたが、二人の表情は全く別物だった。クロヴィスは不愉快さを表していて、フレデリックは心配の色を浮かべている。

（やりにくい……）

二人ともよく知っている人物だからこそやりにくい。リリーは一度目を閉じ、頭の中で三秒数えてから目を開け、ニッコリ笑ってみせる。

「貴族気取りのそのドレス、とてもよくお似合いですわよ。では、ごきげんよう」

笑顔のまま背を向けると、後ろから泣き声が聞こえてきた。あれだけ豪快な嘘泣きができるとしたら大したものだ。そう感心するのと同時に、腹が立つ。とことんやってやりたくなる。これが悪役令嬢として正しい感情なのであればエステルには感謝しなければならないはずなのに、苛立ちが勝ってしまう。

こんなことで腹を立てていては優雅な悪役令嬢にはなれない。そうわかっていながらも、感情が複雑に絡んでしまい、今回は上手く相手ができなかった。

パーティー会場には大勢の貴族達が集まっていた。この日の主役を囲み、ダンスを踊るのは自分だと醜《みにく》く争う令嬢達を横目に、リリーは早くも帰ろうか迷っていた。

一応の挨拶は最初に済ませたし、どうせ話す内容もないのだからと辺りを見回す。

クロヴィスはユリアスと話をしているところだった。エステルは相変わらず愛らしい笑顔を浮かべているが、押さえる必要のない頬を押さえてアピールし、話題を振ってもらおうとしている。それでもユリアスがエステルの火傷《やけど》を気にする素振りは一度もなかった。

その様子をなんとはなしに眺めていると、クロヴィスの後ろに立つフレデリックと目が合う。口をパクパクと動かしているが距離があってハッキリとは見えず、軽く手を振って返すだけになった。

(気にされてないみたいだし、今のうちに……)

クロヴィスが移動するとフレデリックもその後について行かなければならない。二人とおまけのエステルが会場の奥に進むのを見送って、リリーはそっと会場を抜け出した。

「あー息苦しい！」

テラスに出て一人になると、思いきり溜息をついて声を上げる。

ドレスにも装飾品にも興味がないリリーにとって、晩餐会《ばんさんかい》や誕生祭という貴族の集まりは鬱陶《うっとう》しいものでしかない。貴族なら〝付き合い〟として出席しなければならないという暗黙のルールも嫌いだ。だが、今のリリーには選択肢がなく、自立できない以上は父親の命に従うしかないのが現実である。

公爵家の娘というのは大きな武器であり、重たい枷《かせ》でもあった。

「お転婆な君には退屈だったかな？」

生まれて初めて言われた『お転婆』という言葉に一瞬眉を寄せるが、すぐに笑顔を貼り付けて振り向くと、すぐ後ろにユリアスが立っていた。

「あまり近寄らない方がいいですわよ。わたくし、熱い紅茶を人の顔にかけるような女ですから」

「あの物騒な噂なら届いている」

どうやったら隣国の王子にまでそんなくだらない話が届くのか。噂好きの貴族達にはほとほと呆れてしまう。

「気が強いんだな。何を言われればそんなヒステリーを起こすんだ？」

からかうような言葉に、ひょっとしてフレデリックよりも失礼な男かもしれないと、リリーの表情が固まる。

「貧民があまりにも無礼な振る舞いをしたので制裁したまでですわ」

「はっはっは！　制裁とは穏やかじゃないな。だが、王の妻となる女はそれぐらい気が強くなければ務まらないよな」

「婚約破棄の、撤回の、撤回をされるのも時間の問題ですし、この気の強さとヒステリーはわたくしの品位を損なうだけでしょうね」

「俺にとってはその方が好都合だけど」

隣国の王子に迫られる、そんなヒロイン的イベントからは極力遠ざかりたかった。何を企《たくら》んでいるのかわからないこの男からは早く離れた方がいいと本能が警告している。それに従うことにして、リリーはニッコリと愛想笑いを作り上げた。

そのまま「そうですか、では」と一方的に話を切り上げ、リリーは無理矢理その場を離れる。

一度会場に戻り、廊下を通ってまた別のテラスに出た。

「……もう帰ろ」

「送っていこうか？」

夜風に当たりながら呟いたリリーに答えるユリアスの声。まさか追いかけてきたのかと振り返ると、まさかもまさか、彼は背後霊のようにそこに立っていた。

シャンパングラス片手に笑顔を見せる男は、今日の主役。

「ホールに戻らなくてよろしいの？」

「媚《こび》を売られるのは好きじゃない。退屈なダンスも退屈な会話も飽き飽きだ。たかが一つ歳をとっただけでこんな大袈裟なパーティーをする必要があるのか？　貴族のやることは理解ができない」

そう言っている本人が貴族以上の立場なのだから説得力はない。

「君は俺に媚《こ》びないな」

「隣国の王子に媚《こ》びるメリットは？」

「婚約破棄された後、すぐ婚約者候補ができる」

「あら、素敵ですわね。お断りですけど」

結婚したくないのになぜすぐに相手が現れるのか。リリーの夢の実現には全くもって必要のないもので、リリーはそれを真正面から笑顔で断った。

クロヴィスが婚約破棄を撤回すると言い出しただけでもややこしいのに、それがどうなるかもわからない状況で別の婚約者候補など必要ない。

「これは手厳しい。俺は良い夫になると思うんだけどな？」

「わたくしは毎日ヒステリーを起こす気の強い妻になると思いますわ」

「俺は毎日その様子を眺められるのか。いいな。毎日楽しくなりそうだ」

貼り付けすぎた笑顔をどう戻せばいいのかわからない。ポジティブすぎるその思考に、リリーは今すぐにでも叫びたいのを堪《こら》えながら背を向ける。

ユリアスを無視して歩き出したリリーは、ドンッと内臓にまで響く音に驚いて足を止めた。

「クロヴィス様、花火です！　とっても綺麗ですね！」

少し離れたところには、いつの間にか出てきていたクロヴィスとエステルがいた。

クロヴィスと目が合うが、エステルは花火にはしゃぐ可愛いヒロインを演じるのに必死で、リリーには気付いていない。

(どうしてホールの方のテラスに行かないのよ。あっちの方が大きいじゃないっ)

ほとんどの貴族はホールから続くテラスで花火を見ているだろうに、クロヴィスとエステルはわざわざリリー達のいる、廊下の奥にある狭いテラスにやってきた。

仲を見せつけようとでも言うのか、クロヴィスの腕に腕を絡ませベッタリくっついたエステルは無邪気っぽく花火を指差して喜んでいる。一方で、クロヴィスは睨むような目つきでリリーを見ていた。

「ユリアス王子、行きましょうか」

「ああ、そうだな。送ろう」

クロヴィスから視線を逸らし、リリーはユリアスに手を差し出す。その手を取ったユリアスと共に歩き出したのだが――

「いたっ！」

「なんのつもりだ？」

すれ違いざまに掴まれた手の痛みに、思わずリリーは声を上げた。乱暴に手を引かれ、ユリアスと離される。

痛みを感じるほどの強い力に戸惑いながら振り払うも、怒りを纏《まと》ったクロヴィスに壁まで追いやられた。クロヴィスが逃げ場をなくすようにリリーの顔の横に手をつく。

「俺の誕生祭の時もそうだったが、ユリアス王子と二人きりになるとは、俺への当てつけか？」

「当てつけって何が……！」

「ユリアス王子を狙っていると？」

「……お父様から言われていますもの」

途端に、クロヴィスの怒りが膨れ上がるのを感じた。

リリーはそれで余計に、彼が何を考えているのかわからなくなる。もう何十回、同じことを考えただろう。だが、その疑問を口にすることはできない。クロヴィスが何を考えていようと自分には関係ないのだと一蹴すればいいだけなのだから。

クロヴィスがユリアスを振り返る。

「コイツは政治の話は嫌いだぞ」

「女性と二人きりの時間に政治の話をする馬鹿はいないだろう。レディとの逢瀬《おうせ》で退屈を感じさせるほど俺はつまらない男ではないよ。俺は彼女がどういう女性なのか、これから知っていくつもりだ。君はその、妃には不釣り合いな女を迎えるつもりか？　それならそれで祝福はするが、モンフォール家の評判だけは落とさないようにした方がいい。貴族の中には君を快く思っていない者もいるからな」

リリーを引き寄せてクロヴィスの手から救出したユリアスはそう言って挑発的な笑みを向けた。

普段なら挑発になど乗らないクロヴィスだが、今回は火花を散らしたまま。

「二人の邪魔をしては悪い。俺達は失礼するよ」

黙ったままのエステルの顔に笑みはなかった。何を考えているのかわからない表情が不気味で、リリーは何も言わずユリアスに引かれるままにその場を後にした。

（エステル様にとっても面白くないわよね。自分を選んでくれたと思ってたのに元婚約者に執着する姿を見なきゃいけないんだから。でもあなたはヒロインなんだからヒロインらしくしててよ）

エステルはヒロインなのだからなんの心配もせずニコニコしていれば幸せがやってくるはずなのに、何を思ってか毎回絡んでくる。そのせいで、むやみやたらに絡んでいくのは悪役令嬢であるリリーの役目なのに、いつもエステルに役を奪われてしまう。

王子が何を考えているのかわからず悩むのも、何もわかっていない王子に不満をぶつけるのも、隣国の王子から迫られるのも、全てがヒロインのイベントだ。それなのに、なぜそれがリリーに向いているのか。

王道の展開には王子とヒロインと悪役令嬢が必要で、リリーの周りにそれは揃っている。しかし、王子は爽やかではなく、ヒロインはヒロインらしくなく、悪役令嬢も似非《えせ》なのだから、王道でいけるはずがないのだ。

今更ながらとんでもないキャスティングになったものだと、リリーは溜息をつく。

ヒロインにはなりたくない。悪役令嬢がいい。でも望み通りには進んでくれない。どうすればいいのか……

選択肢は二つある。

一つ目は大勢の前で嫌な女を演じてリリーに味方する仲間を振り払うこと。

二つ目はエステルの言動を無視すること。

リリーとしては二つ目の方が穏便に過ごせると思うものの、それでは悪役令嬢など務まらない。ならば一つ目の案が最適ではあるが、問題はオリオール兄弟だ。リリーがいくら嫌な女を演じて大衆に嫌われようとも、陰でフォローされる可能性がある。そうなるとオリオール親衛隊は当然ながら彼らを信じるだろうし、リリーの味方になる。

リリーがヒロインであればなんとも心強い味方だったろうが、今回ばかりは大きなお世話でしかなかった。

「また同じシチュエーションだな」

「え？　ええ、そうですわね」

ユリアスの声にハッとして顔を上げると、いつの間にか馬車の前に着いていた。

なんのことかと思ったが、クロヴィスの誕生祭の時のことを言っているらしい。

「俺としてはもう少し話をしたかっ――」

「もう帰りますね。本日はお招きいただきありがとうございました。では」

話が長くなる前にさっさと帰ろうと、ユリアスの話を遮《さえぎ》る。言葉がかぶったのがたまたまでないことはリリーの表情が物語っており、それをわかっているらしいユリアスは噴き出さないよう堪《こら》えるような表情で片手を挙げた。

「……感謝状を送る」

「はい」

＊　＊　＊

リリーはユリアスの周りにはいない女だった。公爵は王族ではない。貴族の中では最高権力を持っているかもしれないが、王族には敵わない。ユリアスは媚《こ》びておいて損はない相手のはずなのだが、リリーはそうしない。

リリーが頷くのを確認するとドアを閉め、同時に馬車を出させた。

「媚《こ》びないというのは素晴らしいな。追いかけたくなる」

この世界に生を受ける前から、ユリアスの王子という立場は決まっていた。

生まれる前から溺愛され、生まれてからも溺愛されて、王子という肩書きがあるだけで老獪《ろうかい》な貴族でさえ恥も外聞もなく媚《こ》びてきた。

王家の一員になるべくユリアスを手に入れようと派手に自分を飾り立て、外側しか磨かない貴族の娘達にはうんざりしていた。その中でリリーを見つけたのはユリアスにとってはラッキーでしかない。

クロヴィス・ギー・モンフォールの婚約者としてその存在は知っていたが、決まった相手がいるのでは興味の持ちようもなく、大して気にもしていなかった。

しかし今は違う。ユリアスにもチャンスがあるかもしれないのだ。

対等に話せる相手が欲しい。

そう望んでいたユリアスにとって、あの日のリリーの姿は衝撃的だった。前にパーティーで見かけた時は取り繕《つくろ》った淑女という感じだったのに、婚約解消後は人が変わったようだった。令嬢にあるまじき強気な態度、完璧な女を装っていた彼女の本性が見えた時、ユリアスは異常に興味を惹《ひ》かれた。

あの場であれだけ強気に出られる女はそうはいない。貴族は皆、社交の場では仮面をかぶり続け、サロンで不満をぶちまける。なのにリリーは違った。堂々としていた。ユリアスはそこに惹《ひ》かれ、こうして執着するようになったのだ。

「――アイツは貴殿に扱える女ではない」

「だから手に負えなくて婚約を破棄したのかい？」

後ろから現れたクロヴィスの声に、ユリアスは笑みを浮かべて振り返る。嫌みったらしい自分の言葉を、未だに怒りを纏《まと》っているクロヴィスが気に入らないことはユリアスもわかっていた。

「撤回するつもりだ」

「へえ、そりゃ驚きだ。違う女をエスコートしながら、彼女を婚約者に戻そうって？　図太い神経してるな」

「リリーのことなど何も知らないだろう」

「これから知っていくさ」

ユリアスにはクロヴィスの言葉が負け惜しみにしか聞こえない。幼馴染《おさななじみ》であるが故に知っているだけのことを、まるで誰よりも自分が一番理解しているような言い方をする。そのことに憐《あわ》れみさえ感じていた。

リリーの性格を考えると、クロヴィスに話していないことや見せていない顔は山ほどあるだろう。だが、クロヴィスはきっとそれにも気付いていないのだ。だからユリアスは勝ち誇った笑みを向けた。

「君がこれからもあの娘を連れ歩くつもりなら、彼女は永遠に君のもとには戻らないだろうな」

「知ったような口を利《き》くな」

クロヴィスの表情が険しくなるのは図星だからだと確信する。

「ワガママ王子の感情一つで破棄だ撤回だと振り回される彼女を可哀相だと思わないのは君だけだろうな。公衆の面前で公爵令嬢に恥をかかせたことへの謝罪はしたのか？」

「……」

「していないのなら早めにした方がいい。まあ、もう遅いかもしれないが。君達のそれはただの喧嘩別れじゃない。彼女にはなんの落ち度もない、君のワガママによる解消なんだからな」

「……」

クロヴィスは何も言葉を返さない。苛立ちは見えるが、リリーに謝罪していないのは確かで、振り回しているのも確かだとようやく気付いたのかもしれない。

リリーは幼馴染《おさななじみ》だからクロヴィス個人に強く応じることはできるが、モンフォール家の決定には逆らえない。破棄と言われれば受け入れるしかないし、撤回と言われてもやはり受け入れるしかないのだ。リリーは公爵家の娘、クロヴィスは王の息子なのだから。

自分の愚かさを反省して傷つけた相手に心から謝罪し、相手の気持ちに真摯に向き合うべき問題を、王子の立場を利用して解決しようとしているクロヴィスが、ユリアスは気に入らなかった。

「彼女を愛しているのか?」

「なんだと?」

「彼女を愛しているのかと聞いているんだ」

唐突な問いかけに怪訝《けげん》な表情を見せるクロヴィスをユリアスは真っ直ぐ見つめる。

「俺は彼女を妻に迎えたい。聡明で麗《うるわ》しく、従うばかりではなくノーが言える強い芯を持った彼女を、妻として迎え入れることができれば我が国は更に発展するだろう」

「アイツは政治に興味はない」

「無論、参加させるつもりはない。隣にいてくれれば俺のモチベーションが上がるということだ」

ユリアスはリリーが刺繍《ししゅう》やお茶会が好きなタイプではないことはなんとなくわかっていた。だからといって国の政治に関わらせるのは難しい。

リリーがそこいらの貴族よりも頭の切れる女性であるとユリアスが確信していても、他の貴族達はそれを認めようとはしないだろう。政治に関わらせれば面白い回答が期待できるかもしれないのにそうできない社会は、ユリアスにとって退屈で、くだらないものだった。

「で、彼女を愛しているかどうかの答えは出たのか？」

「なぜそれを貴殿に言わなければならない？」

「本人がいないんだ。恥ずかしがることはないだろう？　何か言えない理由でもあるのか？」

ユリアスの挑発が続く。

「まさか……どちらも傍に置いておこうなどと欲深いことを思っているわけじゃないだろうな？」

「ありえん」

「ならなぜ言わない？」

「さっきから言っているだろう。貴殿に言う必要がないからだ」

クロヴィスにとってユリアスは親交ある国の王子というだけで、親友でもなければ友人でもない。自分の想いを話すような仲ではなかった。ユリアスはそれをわかっていながら、あえてクロヴィスに挑発まがいな言葉をかけ続けている。

「傍に置いているあの娘の顔に、彼女は紅茶をかけたそうじゃないか」

「……ああ」

「王の妻となる者が自国の民にそんなことをした過去があっていいのか？」

「それは互いに同じなのでは？」

ユリアスはリリーにまつわる騒動を挙げて口端を上げて見せるが、クロヴィスの表情は変わらない。王子という立場で問題のある女を妻にすれば、過去を取り沙汰されるのは避けられない。

そんなことは自分も同じだとわかっているが、ユリアスは余裕たっぷりの笑みで腕を組んだ。

「俺の国にあの娘に肩入れする人間はいない。いくらでも言い様はある。あの娘は彼女を陥《おとしい》れるために自ら紅茶をかぶったのだ、とな。彼女が民に慕《した》われていればその説は信用される。二人きりの場所で起きた、二人しか真相を知らない事件だ。どちらを信用するかなど言わずともわかるはずだ。だが君のところでは違う。多くの生徒が彼女を批難し、あの娘を擁護していると聞く。彼女を守ろうともしない男が婚約破棄を撤回などと、よく言えたものだな」

クロヴィスの表情こそ変わらないものの、いつの間にか握りしめられていた拳《こぶし》は、怒りを抑えるように震えている。それをユリアスは見逃さなかった。

間違ったことを言っているとは思っていない。その口振りも舞台役者のような身振りも、余計にクロヴィスの神経を逆撫でしているのを実感している。

「俺とアイツの結婚は生まれる前から決まっていたことだ」

「切っても切れない関係だとでも言いたげだが、君のやっていることは何一つ正しさを持たない、愚行としか言えないぞ。彼女が戸惑っていることに気付いていないわけではないだろう？　破棄されたと思えば撤回すると言われ、撤回すると言いながらその隣には別の女がいる。それも、毒牙を隠し持った女がな」

「口が過ぎるぞ」

クロヴィスの指摘を受け入れるようにユリアスは両手を挙げるも、口は閉じない。

「愛する女のために真っ当な判断ができないような男に惹《ひ》かれる女はいない。彼女は賢い。いくら顔が良かろうが、王子という肩書きがあろうが、そんなことは彼女にとってどうでもいいことだ。それをメリットとして見はしないだろう。俺は彼女が喜ぶ顔が見たい。そのためなら自分の意思を曲げ、欲望を隠すことさえしてみせるさ。ただ彼女が喜ぶことだけをする。それが俺の愛だ」

クロヴィスが語らない愛を語るのは得意だった。王子でありながら公爵家の娘のために、自分を押し付けるのはやめて一心に尽くすと言いきる。語り終えると、目を逸らしたクロヴィスに呆れたように大きな溜息を吐いた。

「撤回したところで彼女の心までは手に入らないだろう。君は王子という立場に胡坐《あぐら》をかいて、独りよがりな自信を持ち続ければいいさ」

爽やかな笑みを貼り付けてクロヴィスの隣を通りすぎざまにポンッとその肩を叩く。室内へ戻る際、チラッと後ろを確認しても、クロヴィスはユリアスを振り返ってはいなかった。

「クロヴィス様！」

「花火は楽しんだか？」

中へ入ろうとしていたユリアスと入れ違うようにすぐ横をすり抜けた影に、ユリアスは思わず足を止める。

「はい！　でも置いてくなんて酷《ひど》いです」

「ユリアス王子と今度の国際会議について話があったからな」

「一人にしないでください。不安です」

階段から駆け降りると、エステルはクロヴィスの腕に抱きつくように身を寄せた。クロヴィスはそれに一度視線を向けるだけで、頭を撫でることも支えることもしない。それでもエステルはクロヴィスの態度を気にするでもなく甘えてみせる。

その後ろではエステルを追いかけてきたフレデリックがうんざりだと言いたげな顔で肩を竦《すく》めていた。

その光景はユリアスにとってなんとも気分の悪いものだった。エステルという女を切り捨てなければリリーが再びクロヴィスの手を取ることはないと断言できるのに、なぜクロヴィスにはそれがわからないのか。

「帰るぞ」

「もう帰るのかい？」

「ああ、話は済んだ」

「アイツはもう帰ったのか？」

「ああ」

「呼べって言ったのに」

不満そうな呟きにクロヴィスが視線を向けるも、フレデリックは大した反応は返さなかった。

少し離れた場所で待機していた馬車がセドリックの合図で彼らの前で停まる。ドアが開かれると、なんの迷いもなくエステルが乗り込もうとしたが、クロヴィスがそれを止めた。

「お前はコイツらと後ろの馬車に乗れ」

「え？」

「資料をまとめたい」

「邪魔なんてしません」

「極秘資料だ」

「口外もしませんし、私が見てもきっとわからな――」

「しつこいぞ」

引き際を知らないエステルに初めて冷たく言い放ったクロヴィスの雰囲気は誰も逆らうべきではないと感じさせるもので、ビクッと身体を跳ねさせたエステルは顔を青くして乗り込もうとしていた馬車から離れる。

エステルを気にかけた様子もなく静かに乗り込んだクロヴィスは、声もかけずに馬車を発車させてしまった。

そんな場面を前にして、ユリアスは余計に不思議に思っていた。国が違えばルールも違う。それは当然のこととしても、隣に好意のなさそうな女を置きながら、クロヴィスはなぜあぁもリリーに執着するのか。

自分と違って女好きというわけでもない男がやることとは思えない。何か理由があるのかもしれないと考えることはできても、やはり傲慢《ごうまん》な態度でリリーを振り回し傷つけるのは許せなかった。

「……」

ショックを受けたように顔を両手で覆《おお》うエステル。

男がいながら他の男にも媚《こび》を売ろうとする女にうつつを抜かしてリリーを振り回していることが許せず、ユリアスは失望にも近い溜息を吐く。去っていく馬車を見送る彼らに背を向け、会場の中へと戻っていった。

＊＊＊

クロヴィス・ギー・モンフォールは悩んでいた。

「というわけで今回の視察は……って、王子、聞いてますか？」

「……」

「クロヴィス王子」

「ん？」

肩を揺らされたことでようやくクロヴィスの意識が戻ってくる。

普段フレデリックが話を聞いていないようなことがあればクロヴィスが「やる気がないなら出ていけ」と冷たく言い放つわけだが、今王子の部屋に集まっているメンバーの中に、クロヴィスに向かってそんな口を叩ける者はいない。プライベートでならフレデリックが机を叩いて「聞けよ」ぐらいは言うだろうが、今は仕事中である。

「どうした？」

「話、聞いてますか？」

「ああ、大体の内容は頭に入っている。確認ならお前達だけでしておけ。俺がいなければ何もできないほど、お前達は無能ではないだろう」

いつもなら決断や命令を下すところだが今日はそんな気分にはなれず、いつもより少し厳しい口調で告げると部屋を出る。部下がポカンとしていることも、セドリックが苦笑していることも、フレデリックが書類をグシャリと握り潰すことで笑顔を保っていることも、今はどうだって良かった。

「――クロヴィス！」

執務室に戻っても考え事は続いていて、セドリックとフレデリックの顔が視界に入ったことで意識を現実世界に戻した。

「ノックをしろ」

「した。十五回もな」

十五回もされれば聞こえていたはずだが、実際クロヴィスの耳には何も届いてはいなかった。

十五回のノックと二人が名を呼ぶ声は、雑音としてさえ聞こえていない。

「何かあったの？」

「ああ」

「なんだよ。ああ、リリーがユリアス王子に迫られてるって話か？」

余計な軽口に、クロヴィスの鋭すぎる目がフレデリックに向けられる。眼力だけで人を殺しそうな睨みを受け、フレデリックは両手を挙げて空笑いをこぼしながら「冗談だ」と撤回した。

いつものその軽口が鬱陶《うっとう》しく、普段のように流せないのは、頭の中を渦巻くモヤついた思考のせい。

「どうすればいい？」

「何が？」

「リリーは婚約を破棄してからおかしくなった」

クロヴィスに頭を抱えさせられる相手はこの世でたった一人、リリー・アルマリア・ブリエンヌ、彼女だけだ。

幼い頃から共に育ち、生まれた時から夫婦になることが決められていた。

それこそ数字を覚えるより、言葉を覚えるより先に、リリーが自分の婚約者であると理解するほうが早かった。

我の強いリリーは本来、誰かの作った鳥籠の中で生きるような性格ではない。決められた婚約者が王子である以上は、元々の性質を抑えつけて別の人格の形成を余儀なくされていたことも、わかっていた。

成長するにつれて淑女らしくなっていったリリーだが、それと共に本来のリリーが失われていくところも見てきた。

だから今回、婚約を破棄した時のリリーの様子には、違う意味で驚いた。

「お前から解放されて嬉しかったんだろうよ」

「俺は束縛などしていない。自由にさせてきただろう」

「自由と放置は違うだろ。アイツが何をしたいか聞きもせず、休日もお前の予定に合わせて動いてた。お前にベタ惚れな女じゃねぇと、そんな生活を喜ぶわけねぇだろ」

今までフレデリックに何を言われようとも刺さらなかった言葉が、今は棘《とげ》のように刺さっていく。

自分は何もわかっていなかったのだと。

心にはちゃんとした想いがあるくせにそれを伝えようとせず、婚約者であることに胡坐《あぐら》をかいていた。ユリアスに言われた通り、相手が公爵令嬢である以上、自分が王子である以上、リリーはどんなことがあっても家の決定に従うだろうと思っていたのだ。

だから考えもしなかった。リリーがどんな気持ちでいるかなんて。

「婚約破棄した理由がクソくだらねぇ上に、最近のお前の行動は俺にも理解できねぇ。そんなんでアイツの心が戻ってくるって、マジで思ってんのか？」

「だから撤回すると言っているのにリリーがそれを受け入れないんだ」

「当たり前だろ。今もお前があの女を優遇してるのに、受け入れようなんざ誰が考えるんだよ」

「あの女？」

「エステル・クレージュ」

生まれてからずっとリリーだけを見てきたせいか、それとも婚約者がいたせいなのか、クロヴィスが他の女性に興味を持ったことは一度もない。誰を見てもリリーと比べていた。

それが、エステルが救済枠で入学してくるとクロヴィスがその面倒を見るように申し付けられた。そしてクロヴィスが構わずとも寄ってくるエステルの相手をするうちに、リリーを蔑《ないがし》ろにするようになったのだが、そのことに何か問題があるとは思っていなかった。

多忙であることはリリーも理解してくれていると思っていたし、護衛で幼馴染《おさななじみ》の二人がフォローしてくれているだろうと勝手に思い込んでいたこともあって、クロヴィスからリリーに直接説明したことは一度もない。

しかし、これはフォローする必要のない〝本当に仕方がない〟ことだ。クロヴィスは二人の顔を見て首を傾げた。

「なぜエステルの名が出てくる」

「はあ？　お前がどこ行くにもあの女を連れ歩いてるからだろ！」

苛立ちも露わなフレデリックの様子にリリーと同じものを感じる。クロヴィスはそれが少し気に入らなかった。

フレデリックが優秀な騎士だということはクロヴィスもわかっている。剣の腕は誰よりも素晴らしいものだし、頭も切れる。護衛にしておくのがもったいないと思うことは多々あれど、鬱陶《うっとう》しいと思うことも同じくらい多い。

クロヴィスが帝王学の授業を受けるようになってから、リリーとの時間が減った。代わりにリリーと一緒にいるようになったのがフレデリックだった。本来であれば自分がいるはずの場所にフレデリックがいる光景は酷《ひど》く気分の悪いもので、いつも短い休憩時間に窓からその様子を見ては、小さく悪態をついていた。

今もそうだ。リリーを一番理解しているのは自分ではなくフレデリックなのだと思い知らされるようで嫌だった。

「お前に言っておくことがいくつかある」

「まとめろ」

「黙って聞け」

感情を表に出すな、感情に振り回されるなと教えられてきた。それなのに今、その感情に振り回されていることにクロヴィスは戸惑っていた。

「まず第一に、リリーはお前にこれっぽっちも興味がねぇ」

「……わかっている」

「第二に、リリーはお前が婚約破棄を撤回すると宣言すれば受け入れるだろうが、それは渋々であって、アイツが心から受け入れるわけじゃない」

「……ああ」

「第三に、リリーの後を付け回すのはやめろ。それから俺に面倒な態度を取るのもやめろ」

「最後は第四ではないのか？」

「うるせぇ！」

揚げ足を取るのは、リリーを知ったように語るフレデリックへの幼稚な嫌がらせ。

こんな感情的になりやすい男を頼りにするリリーもリリーだと、クロヴィスは苛立ちを顔に出す。

「お前はリリーのことになると口うるさくなる。昔からだが」

「可愛い幼馴染《おさななじみ》が馬鹿な王子のせいで婚約破棄されて、曲がった道を進も――」

「フレデリック」

「んぐッ！　き、傷ついてんだから、支えてやんのは普通だろ」

セドリックの肘に脇腹を強めに突かれて一度口を閉じたフレデリックが、深呼吸をしてそっぽを向く様子に思うことはあれど、聞き出しはしなかった。

「あれは俺の過《あやま》ちだった」

「おやっ、クロヴィスが認めた。君が自分のことで過《あやま》ちなんて言葉を使うところは初めて聞くよ」

「初めて使うのだから当然だ」

兄弟揃って目を瞬かせて顔を見合わせ、セドリックは嬉しそうに笑いながら感動したように胸に手を当てる。

「リリーが俺を好いていないことはなんとなくだが……わかっていた。幼い頃からそうだ。アイツは俺といるよりお前達といる方が楽しそうで、笑顔も多かった」

クロヴィスも気付いていた。明確なものではなかったが、成長するにつれてそう感じることが増えていたのは否定できない事実だ。

「それでもアイツは今の今まで大した文句も言わずに俺の後ろを歩いていたんだ。好きでなかろうとアイツはこの結婚を受け入れる、拒みはしないと思っていた。実際そうだったしな」

「お前のワガママでアイツの努力も苦労も我慢も全て台無しになったたん、ぐぅっ！」

「フレデリック」

個人的な感情を剥き出しにするフレデリックの腹に、セドリックが裏拳をかまして黙らせる。

口元を少し緩めただけの笑みを浮かべて机の端に腰かける姿はどこか色気のあるものだが、クロヴィスは若干の緊張が身体に走るのを感じていた。セドリックがクロヴィスの瞳を覗き込む。

「後悔してるんだよね？」

「……ああ」

セドリックの優しい声に頷く。

「僕達だってリリーちゃんがまさかあんな受け入れ方をするとは思ってなかったから驚いたよ」

幼い少女のような笑顔で『はい！』と答えたリリーに驚かなかった者はいない。あれでは誰が見ても婚約破棄を望んでいたように思える。あまり他人に深入りしないセドリックでさえ、それが彼女の本心だと思うと胸が痛いと言っていたのをクロヴィスは耳にしている。

だから驚いたという言葉にクロヴィスはもう一度頷きを返す。

「あんな状況で笑顔を見ることになるとはな。皮肉なものだ」

「クロヴィスは恋愛したことないからね」

「そんなことはない。俺はアイツと結婚するつもりだったんだぞ」

「結婚する＝恋愛をした、にはならないんだよ。君達はまだ一度だって向き合ってないんだ。親が決めたから結婚する。理由はそれだけだ。恋も愛もそこにはない」

「ぬぅ……」

ずっと笑顔を向けてほしかった。しかし彼女を笑顔にさせるような話題は幼い頃から何一つ持ち合わせていなくて、いつも上から目線の命令ばかり。最初こそ睨み合って喧嘩をしていた二人の子供は、歳を重ねるごとに女だけが成長していった。

それでも、結婚していつかは王になり、子を作り、親になる。そして庭で駆け回る子供達を二人で眺めるというプランが頭の中にはちゃんとあった。先々が想像できるほどリリーへの想いは強かったのに、相手はそうではなかったことを知ったのは、婚約を破棄した瞬間だった。

その皮肉さに、クロヴィスは椅子の背に体重を預けて目を閉じた。

「今更こんなことを言っても仕方ないけど、君はもっと彼女のためにできることがあったはずだよ」

「そうだな」

「何ができた？」

試すように詳細を求めるセドリックに、面倒だという言葉を表情に乗せつつ、渋々口を開く。

「視察に同行させ――」

「どうして同行させるの？　それ仕事だよね？」

「買い物をさせてやるんだ。女は買い物が好きだろう？」

「今まで彼女が欲しがった物ってある？」

「…………ない」

「そうだね。正解」

セドリックの目は厳しかった。笑っているはずなのに目を合わせるべきではないとクロヴィスに思わせるような、狩人にも見える目で顔を近付けてくる。それから逃れるように考え込むそぶりで顔をゆっくりと俯かせた。

「君が最もすべきだったことは、高価な宝石を与えることでも、最高級のドレスを仕立ててやることでもない。豪華な花束ぐらいは贈っても良かったかもしれないけど、一番簡単にできた、彼女が喜ぶことは、彼女の話を君が笑顔で聞いてあげることだったんだよ」

「話を、笑顔で……アイツは俺に自分のことを知ってほしかったのか？」

ハッとして口にした瞬間、オリオール兄弟が目の前で転んだ。

「違う違う違う！　お前がアイツに興味を示さなかったことが問題だったたって言ってんだよ！」

「興味を示す？　俺が無関心だったたと思うか？」

「ならアイツが一番好きな食いもんはなんだよ？」

「マカロンだ」

「ブーッ！　ブッブー！　ブッブッブッブッブッブー！」

「大人げないよ、フレデリック」

「だって堂々と間違えた」

「口、閉じるのと開きっぱなしになるのどっちがいい？」

子供のように唇を突き出して不正解を示すフレデリックにセドリックが笑顔を向ける。腰に差している剣が音を鳴らすとフレデリックは唇を内側にしまい込み、口を閉じる選択をしたようだった。

その様子に溜息をついたセドリックが改めて向ける視線に、クロヴィスはまた緊張する。

「マカロンも間違いじゃないよ。でもあの子が一番好きなのはカヌレなんだ」

「カヌレ？　昔は好きじゃなかったぞ」

「だから、今を知らなきゃダメってことだよ。君だって、昔好きだった物をこれ好きでしょ？　って今も好きなような言い方で持ってこられても、困るだろう？」

「ああ」

「せっかくあれだけお茶する時間があったんだから、紅茶の話やお菓子の話、本の話、行きたい場所はないかとか、そんな話をしても良かったんじゃないかな」

男と話す時間より女と話している時間の方が多いセドリックは、女心の掴み方を知っていると考えて間違いない。

自分の話ばかりする男はすぐに飽きられる。令嬢達は自分から水を向けずとも相手が全て話してくれるので探る必要はない。後日また話した時に相手の好きな物を一つでも覚えていれば大いに喜ばれる。

簡単なことだと言うようなセドリックの表情にクロヴィスは「リリーはそんな女ではない」と返したかったが、今は黙ることが賢明な気がして余計な口は開かなかった。

「カヌレか……。なら今度作らせよう」

「……そうじゃなくて」

「なんだ？」

訂正ばかりのセドリックについに眉を寄せると、返ってくるのはあからさまな苦笑い。

「彼女の家にもお抱えのシェフはいるし、好きな物はいつだって作ってもらえる環境が彼女にもある。お前の好きな物を作らせたぞって持っていっても君の気持ちは伝わらないし、君にはカヌレが好物だってことは言ってないのに知ってたらおかしいだろう」

「お前達から聞いたと言えばわかる」

当たり前のように言うと、セドリックはついに息を全て吐ききるような大きな溜息をついた。普段あまり聞かない太い溜息。それにはフレデリックがビクッと大きく肩を揺らして反応した。焦った様子で口元に手を当て、二人から離れたところで右往左往する。

「ッ？」

フレデリックが手を伸ばしてセドリックを抑えようとするより先に、セドリックの手がクロヴィスの胸倉を掴んで引き寄せた。

「いい加減その賢い頭で真剣に考えようか、クロヴィス」

「セド、リック……」

怒りの感情がない爽やか王子と呼ばれるセドリックの声には今間違いなく怒気が含まれており、いつもの爽やかさは消えていた。ドスの利《き》いた声を放つセドリックにクロヴィスの目が大きく見開かれ、瞬きを繰り返す。

「彼女の心を少しでも自分の方に向かせたいなら自分の足で努力するんだよ。自分の足を動かして彼女の家に行き、自分の頭を使って彼女が喜ぶことを考え、自分の口で自分の想いを伝える。それが君にできる全てだ」

「それだけか？」

ブチッと何かが切れる音が部屋に響くようだった。

「だーかーら……それだけが、できてないのは誰だって言ってんだろうがっ――」

「うわあああああ！　セドリック、そうだ！　エリザベスキャンベル号の様子を見に行こうぜ！　お前の白馬っていつ見ても綺麗だよな！　今から休みだし、久しぶりに乗馬なんてどうだ？な？　エリザベスキャンベル号もお前の顔見るとすげー喜ぶし！　な？　な？　会いに行ってやろうぜ！」

「離せフレデリック！　この馬鹿は一度ぶん殴るなりしてリセットしないとわからない！」

「おおお、落ち着けって！　馬鹿は死ななきゃ治らないって言うだろ！　コイツを殴るのはリリーに任せようぜ！」

後ろからセドリックを羽交い締めにしたフレデリックは、そのまま兄を引きずって部屋から出ていった。

クロヴィスにはなぜあんなに怒っていたのかわからず、久しぶりに見たセドリックの激怒に再び目を瞬かせる。一度深呼吸をすると、スッと表情を戻した。

「自分の足で……」

セドリックの様子には驚いたが、言っていることは理解できたのか、考え込むように顎《あご》に手を当てた後、クロヴィスは立ち上がって部屋を出ていった。

第八章

「あーもう部屋に閉じこもるのもうんざり！」

コンコンコンッ。

部屋で過ごしていたリリーの耳に届いたノックの音。アネットはさっき部屋を出ていったばかりだし、もし何かあったとしても窓をノックしたりはしない。というかできるはずがない。リリーの部屋は二階なのだから。

なら一人しかいない。

コンコンコンッ。コンコンコンッ。

続くノックの音に苛立ちながら振り向くと、顔を見たくもない男がこちらを覗いていた。

「クロヴィス……」

これがクロヴィスでなければ即通報しているが、相手が王子ともなれば誰も手出しはできない。せいぜい「危ないですから下りてきてください」と言うぐらいだろう。そして通報などという大袈裟な行為に走った自分が批判されることは容易に想像がつく。

「開けろ」

開けてくれという頼み方ならまだしも、命令。ニッコリ笑ったリリーは、今ここに父親がいないのをいいことに、王子に向かって中指を立てた。

斬首刑に処されてもおかしくない不敬な行為だが、リリーは今、確信を持って行動している。自分がどれほど侮辱的な言動をしようと、クロヴィスは自分を罰さないと。だから窓は開けないし中指だって立てる。

「リリー、開けろ」

「これからお買い物に行くの」

「謹慎中だろう」

「もう退学も同然」

「出かけるなら馬車を出してやる」

「うちのを出すから結構よ」

「だったら開けろ」

最終的に告げられるのは最初と同じ要求。リリーの苛立ちは順調につのっており、口元にはたっぷりの笑みを浮かべながらも目は段々と冷めたものに変わっていく。だから思わせぶりに窓をほんの少し開けてから、すぐ閉めた。相手に聞こえるよう乱暴に鍵もかける。

「全開にしろ。俺が入れないだろう」

「わかっていないようだから教えてあげるけど、入れたくないの」

「なぜだ？」

「私があなたを嫌いだから！」

「……なぜだ？」

（ああ、神様。目の前の男に暴力を振るうことが一度だけ許されるのであれば全力で殴らせていただきます。どうか、一度だけそのチャンスをお与えください）

リリーは心から願った。

「普通は婚約を破棄した相手の家には来ないの。新しい女と四六時中一緒にいて、それを私に見せつけるような行動を取るの。こっちが嫉妬して腹を立てるぐらいにね」

「お前は嫉妬しないだろう」

「ええ、興味ないから」

「ならなぜ、ありもしない話をするんだ？」

怒りで頬がひきつる。クロヴィスは頭が良いはずなのに最近はいつも愚鈍《ぐどん》な人間のように「なぜ？」と繰り返す。これまでリリーが相槌《あいづち》の一環として「なぜ？」と問いかけた時には、「まずは少し自分で考えて答えを出せ」と言ったのに。

「さあ？　まずは少し自分で考えて答えを出してみたらどう？」

「夜な夜な考えているがわからん」

相手の言葉をそっくりそのまま真似たのに返ってきたのはまさかの言葉で、リリーは自分の髪を鷲《わし》掴みにして「だったら最初から婚約破棄などするな！」と叫びたい衝動に駆られた。

「……私、エステル様に紅茶をかけたの」

「ん？」

「私はエステル様に紅茶をかけた」

「ん？　聞こえん」

「だーかーらー！」

「ここを開けろ。会話ができん」

さっきまで普通に話していたのに急にそんなことを言い始めるクロヴィスに、リリーの血管はもう限界を迎えつつあった。

今なら奇声を発してその声で窓を割る自信があったが、そんなことをしても父親に百叩きの刑に処されるだけだ。グッと堪《こら》えて窓に手をかけた。

「ッ！」

「あら、ごめんなさい。さっきから機嫌が悪いせいで少し力が入りすぎたみたい。人の顔を狙うのが得意でホント嫌になっちゃう」

早業で鍵を開けると力任せに窓を開け、近付いていたクロヴィスの顔に思いきり当ててやった。痛みに顔を押さえる姿に、リリーはざまあみろと言わんばかりに鼻を鳴らしてから、廊下に出てアネットを呼ぶ。

「お呼びですか？」

「またクロヴィスのお馬鹿さんが来たから、お茶の用意してくれる？　クロヴィスには泥水でいいから」

「かしこまりました」

小走りでやってきたアネットはリリーの言葉を注意することはせず、本当に泥水を用意しかねない表情で頭を下げると、お茶の準備をしに行った。

王子殿下にそんなことをする人間はいないだろうが、アネットは時々何をしでかすかわからない部分がある。自分が言い出したことではあるが、少し不安だった。

「ふう……さ、クロヴィス、お茶飲んだら帰っ――キャアアアッ！」

少し相手をしてやれば気が済むだろう。溜息をついて振り向くと、すぐ背後にクロヴィスがいた。それに驚いてリリーの口から悲鳴が飛び出す。

「驚きすぎだ」

「近すぎるのよ！」

知らぬ間に密着するほど近くにいた相手に驚かない人間がいるかと心臓を押さえながらクロヴィスの胸を押し返した。椅子を指差して座れと命令する。

クロヴィスが椅子に向かう間に開けっぱなしだった窓をそっと閉め、アネットがお茶を運んでくるまで距離を保とうと、リリーは部屋の中央に立った。

「それで、なんの用？　エステル様のために謝罪を求めに来たのなら、返事はノーよ」

「返事はしたのか？」

「は？」

「ユリアス王子から婚約者候補として申し込みがあったんだろう？」

エステルへの謝罪の話だと思っていたリリーには拍子抜けな話だった。クロヴィスが気にしていたのはリリーが謝らないことではなく、ユリアスからの申し込みにどう反応したのかということ。

呆れた表情を浮かべたものの、次の瞬間ピンッと閃《ひらめ》いたリリーは、クロヴィスの向かいの椅子に腰かけた。

「ええ、そのつもり。あなたには見限られたと思ってるお父様もユリアス王子に媚《こ》びまくれと言っていたし、先のパーティーは大成功だったと思ってるわ」

「隣国の人間だ」

「だから？」

「生まれ育った国で嫁《とつ》ぐのが常識だ」

「どこの？　クロヴィス王国？」

「貴族のだ」

リリーは「はあ？」としか言葉が出てこなかった。それらのクロヴィスへの態度は到底学園の生徒に見せられるものではない。しかし今はここに二人きり。口調を崩そうと暴言を吐こうと、クロヴィスが許せばそれでいいこの空間を、リリーは満喫することにした。

「俺が婚約破棄を撤回することは国王も望んでいる」

「だったらさっさとすれば？　するするって言うばかりでしないから、てっきりする気ないんだと思ってた。口先だけだものね、あなた」

「口が悪いぞ」

「私はあなたを許してない。大勢の前で婚約を破棄されて恥をかかされた。しかも隣には爵位も持たない貴族でもない貧民の女。でも、その相手にあなたが心底惚れたと言うのなら仕方ない、私はあなたを許したわ。でも違った。あなたはくだらない理由で突き付けた婚約破棄を、くだらない理由で撤回しようとしてる。私の笑顔が見たかったならあなたが努力すべきだったのに、私が笑わないのが悪いような言い方をした。あなたは私を笑わせようとさえしなかったのに。私の趣味も好物も、子供の頃のことしか知らないのに、今の私を知っているように振る舞う。そういうところが大嫌いなの」

少し不満を言ってやるだけのつもりが、一つ言い出すと二つ三つと溢れ、止まらなかった。クロヴィスの身勝手さを近くで見続け、感じ続けていたからこそ、クロヴィスの撤回を受け入れる気にはなれない。

クロヴィスがエステルに惚れて心変わりしたのであれば、きっと悪役令嬢としての道も正しく歩めたはずなのにと、責任転嫁したくなるほど腹が立っていた。

「あなたにとってエステル様はどういう存在なの？」

「それはお前は知らなくていいことだ」

何度心を冷めさせてくれれば気が済むのだろう。リリーはもはや笑顔を作ることさえやめた。

「そういう物言いも嫌いだし、自分のことしか考えない性格も嫌い。私を追いかけるくせに私のことを知ろうとしないところも嫌い。あなたと会わなければならない時間が嫌だったし、次に会う約束をするのも嫌だった。横柄な態度も、自分が絶対正しいという勘違いも、全てが独りよがりなところも全部大嫌いだった！」

声を荒らげたリリーにクロヴィスは何も返さなかった。ただ真っ直ぐにリリーを見つめ黙っているだけ。

その時、ノックが沈黙を破り、アネットが中に入ってきた。

「お茶をお持ちしました」

手際良くセッティングされるサンドイッチ、スコーンにケーキ。クロヴィスがいなければどんなに優雅なティータイムだったろうと、リリーは溜息を吐きたくなった。

「ありがとう」

クロヴィスはそう礼を言ったが、言われたアネットは一度も目を合わさず頭を下げて出ていってしまう。

「飲んだら帰って」

カップに口をつける前に告げた言葉にも、返事はなかった。

暫《しばら》く静かに紅茶を飲む時間が続き、カップを置いたクロヴィスが口を開く。

「……お前は今でもローズティーが好きなんだな」

「ええ」

「今一番好きなものはなんだ？」

「なんでしょうね？」

今更になって知ろうとする付け焼き刃のような態度にリリーはそっけない返事をし続けた。リリーに向き合うようなこの言動が今だけのものだと知っているから。

言われたからやる。言われるまでやらない。言われなければ、そうしないといけないことにも気付かないのだから。

「教えてくれ」

答えろ、と命令ではなく頼む形をとった相手にリリーは驚いた。いつだって命令することしかできない男だ。それが、女の好きな物を知るために言葉を変えるなど頭を打ったとしか思えず、リリーは思わずクロヴィスの顔を覗き込んだ。

「どこかで転んだの？」

「いや」

「じゃあ熱でもある？」

「いや」

「疲れてる？」

「いや」

自覚がないかとぼけているだけで全て当てはまるのかもしれないと、クロヴィスの額に手を当てて熱の有無を確認したが熱はない。そのまま手を滑らせ頭を撫でてコブがないか確認しても見当たらない。顔を近付けて目の充血や肌荒れを確認するも、疲れは見られない。

「お前に触れられたのは初めてだな」

「あ……」

クロヴィスの言う通り、あれこれ触ったり顔を近付けたのは初めてだ。小さくはにかんでいるように見えた表情に、リリーはパッと手を離した。

何をしているんだと自分の頬を叩いたリリーはゴホンと咳払いをして座り直す。

「カヌレが好き」

「そうか」

クロヴィスの人間性が少し変わったように思えたことにほんの少し気を許したリリーはようやく質問に答えたが、やはり返ってくるのは一つの頷きのみ。それがリリーの気をまた引き締めることになるとは思ってもいないようだった。

「王妃がお前のためにブランシュを取り寄せたと言っていた」

「……そう。お礼を言っておいて」

「王妃はお前を気に入っている。娘になる女はお前以外考えられないと」

「そう……。謝っておいてね」

「今回のことはお前の努力を認めてこなかった俺にも非が――」

「クロヴィス」

想像通り、話はすぐにリリーのことから自分の方へ引き込むためのものに変わった。

王妃のオレリアはリリーを気に入っていたし、リリーもオレリアを尊敬し慕《した》っていた。だからクロヴィスのどんな理不尽やワガママにも耐えてきたのに、クロヴィスが全てをぶち壊した。クロヴィス・ギー・モンフォールという完璧な男を嫌いにさせたのは紛れもないクロヴィス本人だ。

しかし、この男はそれをまだ理解できていないらしい。

「私達はもう戻れない。あなたが全てを壊したの」

「……俺が……」

「もしあなたが婚約破棄を撤回して私がそれに従うしかなかったとしても、私はあなたを愛さない」

ここまでハッキリ言わなければわからないクロヴィスは、きっとこれからも変わらないだろう。

リリーはここまで言うつもりはなかったのに、つい言ってしまった。

リリーの言葉を受けて、紅茶の中に映る自分を見つめていたクロヴィスがゆっくり立ち上がる。

「なに？」

無言でリリーの皿にマカロンを一つ、スコーンを一つ載せるクロヴィスを、不審者でも見るような目を見ていると、更にクリームまで追加された。

「お前は俺と過ごしている間、大層つまらないという顔をしていたが、ティータイムの時間だけはそれも和らいでいた」

「だから？」

「俺の話でそういう顔をさせたかった」

狙ってしているのかと疑いたくなるほどしおらしくなったクロヴィスに、リリーは追撃はしなかった。鼻で笑うことも嫌味を返すこともなく、皿に置かれたマカロンを静かに頬張る。

「——エステルについては……あれだ。救済枠の人間の面倒は主席の者が見ると決まっているんだ」

嫌いだと言われたのがよほどショックだったのか、クロヴィスは知る必要はないと答えた話を蒸し返してポツリとこぼした。

「……どうして最初からそう言わなかったの？」

リリーに言ったところで問題になる話とは思えない。突き放すような言い方をした理由がわからなかった。

「わざわざ言う必要があったか？」

そう言われてしまうとリリーは黙るしかない。婚約者だからといって全ての行動理由を説明する義務はないし、説明されてもリリーはきっと聞き流していた。

リリーも本当はわかっている。自分も悪いのだと。だが、話してくれなければわからない。

二人にとってはそれさえも今更だが……

「今日は帰る」

「もう会わないから今日は、じゃない。これで最後だ、さようなら。でしょ」

「また来る」

自分のことしか考えていないと詰《なじ》った矢先にこれなのだから、一度しおらしい態度を見せられたぐらいでリリーが絆《ほだ》されるわけもなかった。

「そういうとこよ、クロヴィス」

「……ああ」

「自分勝手でしつこい男は大嫌いよ」

「わかった」

クロヴィスがわかっていないことは、リリーにもわかった。全てにまとめて返事をする癖のあるこの男の言動の意味は考えるだけで頭痛を引き起こす。リリーはかぶりを振って考えるのをやめた。

「……ホント、馬鹿」

窓から身軽に飛び降りたクロヴィスが、下で待たせていた馬に乗って帰るのを見つめながら、リリーは大きな溜息と共に悪態をついた。

「……ねぇ、ここで何やってるの？　何食べてるの？」

「サンドイッチ」

「見ればわかる」

「これはブリオッシュで作ったサンドイッチだ」

「知ってる。私のサンドイッチだもの」

クロヴィスの急襲を受けた翌日。

ランチのために手を洗いに出て部屋に戻ったリリーの目に飛び込んできたのは、椅子に腰かけてブリオッシュサンドを頬張るフレデリック・オリオールの姿だった。

長い脚を組んで片手を挙げる姿はまるで自宅でリリーを迎えているかのような寛《くつろ》ぎ方で、背が高い分、様になっているのがまた癪《しゃく》に障《さわ》る。

「お前んとこのシェフ、最高だな。絶品だわ」

「知ってる」

「うちに来ねぇかな」

「うちより良い待遇ができるなら引き抜けば？」

「ここに食いに来る方が利口だな」

利口な選択をしたフレデリックにリリーは笑顔を貼り付けて向かい側に腰かけた。

「ねえ、私の退学届けが受理されないのってクロヴィスのせい？」

「おかげって言えよ」

「お父様がいつまでかかってるんだって一人で怒ってるんだもの。受理してもらった方が楽よ」

父親が退学届を出したのはもう一ヵ月も前のこと。エステルがリリーに紅茶をかけられたと大騒ぎした日のすぐ後だ。それなのに受理したという知らせは一向に届かず、父親は毎日「まだか」と使用人に聞き続け、さすがに使用人もうんざりしているのが見てとれた。

リリーは学長の前で問題発言をした。否定もせずにあのように言ったのでは、誰もエステルが嘘をついているとは思わないし、リリーがカッとなってしたことだと信じただろう。

それなら受理に日数は必要ないはずなのに一ヵ月が経ってもまだ受理されていないのはおかしいと思った。そしてその理由がなぜなのか、容易に想像もついた。

「学校に行けないんじゃあ、お前の悪役令嬢の夢も潰《つい》えたな」

「ッ⁉　そうだ……そうだわ……！」

「おいおい、ボケるにはまだ早いだろ」

何も考えていなかった。学校に行かなくなってもパーティーには出席させられて、そこで必ずエステルと小競り合いをしていたから気にしていなかった。

学校に行かなければエステルに会う機会は減り、悪役令嬢らしい展開は作れないのだ。

このままではどこかの貴族と結婚させられて、また品行方正に過ごすだけの日々になってしまう。

事の重大さにようやく気付いたリリーは自分の愚かさに頭を抱えた。

「ど、どうしよう！」

「クロヴィスに頼めば一発だぞ」

「……それは、困る……」

「悪役令嬢の夢を終わらせるのと、自身のプライドへし折るのと、どっちが簡単だ？」

フレデリックが挙げた選択肢にリリーは唇を噛む。

散々大嫌いだと言った相手に今更頭を下げてお願いをするのはリリーのプライドが邪魔をする。

しかし、そのプライドのせいで悪役令嬢になる夢を諦めたくはない。

……答えは決まっていた。

「でも今は忙しいんでしょ？」

「お前のためなら睡眠時間を削ってでも時間を空けるだろうよ」

有難迷惑な話だった。自分は元婚約者であって婚約者ではない。クロヴィス・ギー・モンフォールは溺愛主義ではないのに一人の女のためなら時間を作る、ましてやその女が自分であろうとは。

鳥肌が立った。

「……はあ」

大きな溜息を吐くリリーの頭を撫でるフレデリックの手は優しい。

「ちゃんと頭を下げられたら後でまた頭撫でてやる」

「子供じゃないのよ」

子供扱いする相手の手をゆっくり払うと、穏やかな笑顔が返ってくる。子供の頃からずっとこうして笑顔で傍にいてくれたフレデリックが、今もこうして自分の背中を押してくれることに、リリーは深く感謝していた。

「腹が減っては戦はできぬ。分けてやるから腹いっぱい食え」

「だからそれ私の昼食だってば」

あれだけ相手を拒否する言葉を並べ立てた身でありながら、のこのこと相手の前に姿を見せて頭を下げなければならない状況に追い込まれていることは辛いが、今はなりふり構っていられない。とにかく今は一刻も早く学校に戻らねばと頭を下げる決意をして、差し出されたサンドイッチにかぶりついた。


フレデリックに諭《さと》された翌日。執務室のドアの前で呼吸を整えたリリーは大きく息を吐き出した後、ゆっくりとドアを三回ノックした。

「クロヴィス、ちょっといい？」

「ああ」

自分から赴《おもむ》くことなど二度とないと思っていた場所に足を踏み入れるのは顔が歪《ゆが》むほど嫌だが、

自分の夢のためにはその嫌なことも我慢しなければならない。これは他でもない自分が望み、叶えたいこと。その成功には他でもないクロヴィス・ギー・モンフォールの力が必要だった。

「何用だ？」

追いかけている相手への態度とは思えないほど冷静で、素っ気なささえ感じる言い方に、リリーは眉を寄せる。

クロヴィス・ギー・モンフォールという男がどういうつもりで行動しているのかわからないのだ。

嬉しそうな顔一つ見せないクロヴィスが今この瞬間、一体何を考えているのかわからない。

それはリリー自身の気持ちについても同じ。クロヴィスが、小さくではあったがはにかんだ時、
リリーの心には驚きもあったが嬉しさもあったのだ。そんな顔もできるのかという新しい発見が不思議と嬉しかった。

「あなたが止めてる退学届、返してほしいの」

手を出すリリーにクロヴィスの筆が止まる。

「辞めろと言われてるんじゃなかったか？」

「ええ、お父様にはせっつかれてる。クロヴィス王子ではなくユリアス王子に媚《こ》びまくれってね」

「従ってほしいわけ？」

「従わないのか？」

「お前の意見を聞いている」

自分こそが世界の中心であり、最も正しいと思っているクロヴィスは、人の言葉に乗ってこない。

小説で見かけるような「そ、そうじゃない」という焦りもない。相手の出方を見て自分の出方を考えるクロヴィスとの対話は、リリーには厄介なものでしかなかった。

「従うつもりはない。私は私でやることがあるの」

「なんだ？」

「それはあなたは知らなくていいことだわ」

クロヴィスの眉がピクリと動いた。心当たりがある言葉だろう。理由を聞いて関係ないと言われることがどれほど傷付き、腹の立つことか知ればいいと思った。

「お前が退学せずに済むよう止めている俺には知る権利があると思うが？」

「あなたにその権利があろうと、個人的な理由をあなたに教える義務はない」

「可愛げのない言い方だな」

「ええ、だからあなたは私を見限り婚約を破棄した。今更じゃない」

愛していたのであれば婚約破棄はしない。今追いかけられているのが不気味に思えるほど、自分達は互いに興味がなかったのに。リリーはクロヴィスの今更すぎる言葉に肩を竦《すく》めた。

「無事に学園を卒業した淑女としてユリアス王子と結婚したいのか？」

「あなたの知るリリー・アルマリア・ブリエンヌがそういう女なら、そうなんでしょうね」

クロヴィスが口を閉じる。クロヴィスはリリーが言った『個人的な理由』に〝結婚〟が入らないことはわかっているはずだ。婚約者がいること、卒業後は結婚すること、どれも一度だって喜んだことはなかった。

そんなリリーが学校を辞めたくない理由に結婚を使うわけがないことは承知の上だろう。

「今になって退学したくないなんて言い出したことをあなたが疑問に思うのはわかるわ。でも、わかってくれる？　色々あって自暴自棄になってたの。冷静に考えれば、退学を受け入れるなんて間違ってる。利益しか考えていないお父様に従うより、自分が進みたい道を選ぶべきだってね」

「父親に逆らうと？」

「もう散々逆らってる。今更逆らうことが一つ二つ増えたってどうってことない」

ふむ、と腕を組んで真っ直ぐにリリーを見つめるクロヴィス。透視でもされているような感覚に襲われながらも、リリーは一瞬たりとも目を逸らさなかった。

自分の道は自分で決めると決めたのだ。まだ始まったばかりの悪役令嬢をこんなところで終わらせてなるものかと縋《すが》りつくことにした。

「返却しても構わない」

（嫌な予感がする……）

「が、条件がある」

（やっぱり……！）

「私が出した退学届を返してもらうのに、どうしてあなたが条件を突き付けてくるわけ？」

「俺の一言でお前の退学が決まるんだぞ。いいのか？」

リリーは基本的に誰に脅されようとかかってこいというタイプだが、今回の脅しはリリーにはかなり有効だった。ぐっと唇を噛みしめる。

今は『好きにしなさいよ』と怒って出ていくことはできない。退学しないために来たくもない部屋を訪れて頭を下げるつもりでいるリリーにとって、一時の感情でそれらを台無しにするわけにはいかないのだ。眉を寄せながら目を閉じて、リリーはゆっくり息を吐き出した。

「賢いあなたはこれをわかって言ってると思うけど、あなたがそんなことを口にする度に、私はどんどんあなたを嫌いになっていく」

「俺達は互いにもっとわかり合うべきだ。そうだろう？」

「いいえ」

「なぜだ？」

「その賢い頭で考えたらわかるんじゃない？」

「返してほしくないと？」

状況は完全にクロヴィスに有利で、全てクロヴィスの手の中にある。退学の諾否《だくひ》はクロヴィスの機嫌一つで決まり、リリーが夢を叶えるためにはクロヴィスの馬鹿げた条件を受け入れるしかない。

しかし、リリーはクロヴィスが出そうとしている条件になんとなく予想がついており、「いいわよ。受け入れるわ」と啖呵《たんか》を切ることができないでいた。

「クロヴィス、お願い。返して」

「お前が条件を呑めば返す」

「婚約破棄の撤回は受け入れない」

「なぜだ？」

（誰か助けて……）

当たってしまった返却条件に頭を抱えたくなったリリーは救いのないこの状況を一人嘆いていた。

ヒロインに悔しい思いをさせられる悪役令嬢はいても、王子に迫られて困る悪役令嬢はいない。ワガママな王子に戸惑い頭を抱えるヒロインにはなりたくないが、王子が目の前にいるのでは誰も助けてくれないだろう。

「……とりあえずあなたの条件を聞くわ」

渋々受け入れるしかない状況に両手を挙げたリリーは、近くにいるオリオール兄弟に駄目元で視線を向けてみるが左右に首を振られるだけ。

味方のいないヒロインなんていない。だから自分はヒロインではなく孤独な悪役令嬢なのだ。そう自分に言い聞かせることで、リリーは自分の心を救っていた。

「婚約破棄の撤回を受け入れろ」

「受け入れてほしい、でしょ？」

「……受け入れてほしい」

立場が下なのは自分の方だとわかっている。それでも婚約破棄の撤回は相手が望んでいることであって自分の望みではない以上、強く出ておきたい。

渋々さは垣間見えたもののクロヴィスが拒絶せず素直に従ったのは、そこまでして婚約破棄を撤回したいからか。リリーはまた困惑していた。

「そこまでこだわる理由は……、やっぱりいい」

どうせまた同じことを言われるに決まっている。

「一つ聞いてもいい？」

「撤回しないで済む方法ならないぞ」

「今すぐ舌打ちしてやりたいけど、そうじゃない」

「なんだ？」

「エステル様はどうするの？」

リリーの問いかけに、クロヴィスは至極不思議そうな顔をする。リリーも同じような表情で見つめ返した。

なぜ「どうしようか」という迷いではなく「なんのことだ？」とでも言いたげな表情を浮かべているのか、リリーの方が不思議だった。

「エステル様は悲しむと思うわ」

「だからなんだと言うんだ？」

そう言われてしまうと返す言葉がない。今回、渋々といえど婚約破棄を撤回、すなわち再び婚約するのだから、エステルが動揺しないはずがない。パーティーにエステルを連れてきている時点でそれなりの感情を抱いているはずなのに、今思えばクロヴィスは一度だって彼女に気があるような振る舞いはしていなかった。

自分が思っているエステルの立場と、実際のエステルの立場は違うのかもしれないと考えると、妙に納得いく部分がある。だがまだ確信ではない。

「エステル様はさぞ驚かれるでしょうね」

「そうでもないだろう。俺がお前に接触しているのは知っている」

「それは全生徒が知ってるでしょうね」

「なら婚約破棄の撤回は驚くことでもないだろう」

「私が受け入れたことに驚くって言ってるの」

「ああ、だろうな。だが、お前も婚約破棄を受け入れたのは失敗だったと考えていたのだなと思われるだけだ。なんの問題もない」

リリーは頭の中で、クロヴィスの頬に渾身《こんしん》の力で拳《こぶし》をめり込ませる想像をしていた。

婚約破棄を受け入れたおかげで自由を手に入れたリリーにとって、あの瞬間の選択に失敗はなかった。それを勝手にそう思われるのは心外極まりないが、悪役令嬢になるためには仕方ないのかもしれない。

舌打ちの代わりに盛大に眉を寄せて見せるも、クロヴィスは気にせず話を続けた。

「心配せずとも皆が祝ってくれる」

「皆って誰？　セドリック？」

「生徒達だ」

「ザワつきを祝福の声と捉えられるなら、そう思うのは簡単でしょうね」

「素直に受け取れ」

受け取れるならそうしている。婚約破棄は受け入れられても、婚約破棄の撤回を受け入れることなどないと思っていたのに、現実になってしまった。

今恨むのは自分ではなくそもそも紅茶を自らかぶったエステルだが、退学を重く捉えていなかった自分も憎い。

退学に、悪役令嬢としての今後に繋がることだった。少し考えればわかることなのに、色々なことが起こりすぎて冷静さを欠いてしまったせいで、こんなことになってしまった。

クロヴィスに弱味を握られた自分が馬鹿なのだと目を閉じ、一度深呼吸をしてから目を開いて再び手を差し出した。

……何を勘違いしたのか手を握ってきたクロヴィスの手を払う。そうしてやっと渡されたのは、退学届ではなく真っ白な紙。

「何よこれ」

「誓約書だ」

「疑うわけ？」

「お前は馬鹿ではない。必ず抜け道を探そうとするだろう？」

(チッ、バレてたか)

白分は正しい、自分は間違えないと思っているのは、事実それが通ってきたから。クロヴィス・ギー・モンフォールという男相手にズルは通用しない。

キャッキャとはしゃぐだけの女であればクロヴィスも一筆書かせるような真似はしなかったろうが、相手がリリーである以上は必要不可欠だと考えたらしい。

「元婚約者を信用してないのね？」

「リリー、取引には書類が必要だ。口約束だけで成立させるなど不可能だろう」

「信用していないからでしょう？」

「俺も人生を賭けているからな」

我の強さ、賢さ、味方、身分。リリーはクロヴィスなどいなくても生きていくのにじゅうぶんすぎるものを持っている。そんな相手がたかが退学届のために大人しく条件を呑み続けるとは思っていないようだ。

クロヴィスを口で負かそうとしても無理だと諦め、リリーは溜息を吐いて書類に一文を書いた。

【リリー・アルマリア・ブリエンヌはクロヴィス・ギー・モンフォールの婚約破棄撤回を許諾し、再婚約に同意する】

シンプルすぎるが明確な一文とサインを確認すると、クロヴィスは紙を封筒にしまってセドリックとフレデリックを呼んだ。封筒にはセドリックとフレデリックのサインが書かれ、リリーは苦い顔をする。これでは内容を書き換えたものを用意することもできなくなってしまった。

クロヴィスはいつだって相手が考える一歩先を歩いている。それでも今は普段の会議の時のような無表情ではなく、小さな笑みを滲《にじ》ませていた。

クロヴィスの人生に楽しいことなど何一つないのだろうと思っているリリーにとって、どんな笑みであろうと彼の笑みは貴重なもの。勝ち誇った笑みに見えなくもないが、今回は嬉しそうなものに見え、意見はしなかった。

「これでお前と俺は婚約者に戻ったな」

「こんな回りくどいことさせないで、さっさと撤回すれば良かったじゃない」

「お前の同意が欲しかった」

「脅した上でもらった同意でも嬉しい？」

「俺は過《あやま》ちは繰り返さん男だ」

「どうだか」

撤回しようと思えば勝手にできたはずなのに同意を待っていたなんて呆れてしまうが、これも彼なりの気遣いの一つかもしれない。リリーは苦しいながらにそう前向きに考えることにした。

「嬉しいか？」

「嬉しいのはあなたでしょ？」

「ああ、俺は嬉しい」

その素直さを不気味に思いながらも、珍しい子供のような笑顔に、リリーも小さくも笑顔を返した。

エピローグ

クロヴィスの行動は速かった。リリーが訪ねていった翌日には、早速パーティーが開かれることとなった。まるで以前から準備をしていたかのようだ。

そこで、二人の婚約破棄の撤回が宣言されることとなった。

「皆も知っての通り、私は一度、彼女に婚約破棄を言い渡している。それは私のワガママによる一方的な婚約破棄で、彼女を傷つけ、恥をかかせることになってしまった。しかし、彼女と離れて気付いたのだ。彼女ほど私を理解し、愛してくれる者はいないと。私はここで自らの過去の愚かな過《あやま》ちを認め、彼女に謝罪すると共に、婚約破棄の撤回を宣言する」

盛大な拍手などあるはずがない。

非のない相手へ一方的に行われた婚約破棄。それを笑顔で受け入れた公爵令嬢。

それだけでもじゅうぶんおかしな光景だったのに、今度はそれを撤回だなんて。

婚約破棄されておかしくなったと噂が立つほど様子の変わった元婚約者と再婚約しようと考えるクロヴィスの神経もどうかしていると、皆困惑していた。

「皆の困惑はよくわかる。愚息の愚行で愛する女性を傷つけ、悲しませた罪は重い。しかし、今回は若さ故の愚かな過《あやま》ちだったと寛大な心で受け入れてやってほしい」

ジュラルドの言葉に皆が隣の者と顔を見合わせひそひそと小声を交わしたが、一人が拍手をすればその隣の者が、またその隣の者がと拍手は繋がって次第に大きくなっていく。

あっという間に会場に響き渡るほど大きくなった拍手に、リリーとクロヴィスは顔を見合わせ笑い合った。

「リリー様、本当に美しいですわ！」

「そのドレス、とてもよくお似合いです！」

「またそのお姿が見られるなんて感激です！」

いつものメンバーが駆け寄ってきて大袈裟なほどドレス姿を褒めてくれる。

オレリアが贈ってくれたドレス。クロヴィスの誕生祭の時は着られなかった大事なドレスを、もう一度着ることができて嬉しいのはリリーも同じ。

ホールに出てくる前、オレリアが感極まったように何度も嬉しいと口にしては、次第に溢れだした涙もそのままに、子供のように泣いてジュラルドに抱きついていた。

「お騒がせしてごめんなさい。私が彼に冷たくしすぎたのが原因だったみたい。夫を支えるべきなのに、支えるどころか向き合おうともしなかったなんて呆れられて当然ですよね。これからは誠心誠意彼に寄り添っていきますので、お力添えお願いしますね」

リリーの言葉に皆が「自分が手伝えることなんてない！」と恐縮した。それでも二人がセットでいるのが好きだったと言ってくれる者が多く、意外にも見守ってくれていたのだとリリーは少し嬉しくなった。

「フレデリック、お化粧を直してくるわ」

「ついていくか？」

「子供じゃないんだから迷子にはならないわよ」

「鈴、鳴らせ」

「家に置いてきた」

そういえば子供の頃はいつも鈴を持ち歩いていた。迷子になりやすかったリリーにフレデリックが「迷子になったら鳴らせ。俺がすぐ見つけてやるから」と言って渡してくれたのだ。いつまで持っていただろうと懐かしい思い出に笑ってしまう。

自分を囲む令嬢達に軽く会釈をして控え室に戻ったリリーは、全力で溜息を吐いた。

「よくもまあ、あれだけスラスラと嘘が出てくること」

呆れられて当然などと思ってもいない。呆れるのはこっちの方だと鏡の中の自分に独り言をぶつけながら、表情は自然だったろうかと笑顔を作っては大丈夫だと頷く。

「フレデリック、大丈夫だって言って――エステル様……」

ふと、背後のドアが開いた。フレデリックが心配して覗きに来たのだと思い込んで振り向くが、そこにいたのはエステルだった。

生徒は皆出席するようになっているからエステルが来ていてもおかしくはないのだが、今日はジュラルドもオレリアもいる。クロヴィスの誕生祭でジュラルドから直接言われたことを忘れたわけではないだろうに、こうして顔を出したことに驚いていた。

「どうやったんですか？」

「なに？」

「彼にどうやって迫ったんですか⁉」

「迫ってないわ」

「そんなはずない！　彼はあなたに婚約破棄を言い渡したんですよ！　それがこんな、婚約破棄の撤回だなんて、恥晒《さら》しもいいとこじゃないですか！」

エステルの言い方にリリーは噴き出しそうになった。〝恥晒《さら》し〟。その言葉は間違っておらず、正にこの撤回はクロヴィスの恥と言えるだろう。

だがそれはリリーのせいではなく、クロヴィスが望み、甘んじてその批難を受ける覚悟があってしたことだ。迫るどころか、むしろ強要されたのはリリーの方だった。

「あなたも知っているでしょう？　わたくしが彼を拒んでいたこと。そして彼がわたくしを追いかけていたこと。誰よりも傍にいたあなたが一番近くで見てきたのではありませんこと？」

「あ、あなたが笑顔で受け入れるから彼は困惑したんです！　その真意が聞きたくて追いかけてただけです！　撤回するつもりなんてなかったんですから！」

「あら、でもわたくしは一筆書かされましたわよ。撤回に同意なんてしていないって嘘をつかないようにと、誓約書まで」

「嘘です！」

「嘘だと思うなら大好きなクロヴィス様に直接お聞きになってはいかが？　あなたに傷つく勇気が

あれば、ですけど」

控え室に、エステルの怒鳴り声の代わりにリリーの高笑いが響き渡る。

リリーが撤回を渋々受け入れたことは間違いない。それでもあんな風に令嬢達に嘘を並べ立てることができたのは、再婚約によってまた一歩悪役令嬢に近付けると思ったから。

王子の傍にいたヒロインは悪役令嬢の手によって落とされ、一度王子から離れる。ヒロインの立ち位置だった場所に悪役令嬢が再び立って暫《しばら》く過ごすという展開はよくあるのだ。

渋々ではある撤回も、その後には最高の展開になると気付いたリリーは、これも悪役令嬢の一つのイベントだと前向きに考えることにした。

「あなたはクロヴィス様に相応《ふさわ》しくありません！」

「あら、何かされるつもりかしら？」

「クロヴィス様の目を覚まさせます！」

ヒロインらしい動きを期待できそうだと、リリーはにっこり笑ってエステルの目の前まで歩み寄る。顔を近付けてゆっくりと口を開いた。

「ふふっ、受けて立ちますわ」

これでまた一歩前進だとほくそ笑むリリーは、これからのエステルの活躍に胸を躍らせる。固まったまま反応を返さないエステルの横を通り過ぎて、会場へと戻った。

きっと今頃、エステルは死ぬほど悔しい思いをしているのだろうと思うと嬉しくてたまらなかった。

「必死に足掻《あが》きなさい。私も利用させてもらうから」

一人きりの廊下で呟いた声は誰の耳にも届くことなく消えゆき、ドアを押してホールに入ったリリーは大きな拍手に満面の笑みを向ける。

リリーは今日という記念すべき日に悪役令嬢として新たな一歩を踏み出したのだ。

原作 雪兎ざっく 漫画 鳴海マイカ
Zakku Yukito Maika Narumi
RC Regina COMICS
Eランクの薬師
1〜4
シリーズ累計
27万部
(電子含む)
異世界成長ファンタジー待望のコミカライズ!
薬師のキャルは、冒険者の中でも最弱のEランク。役立たずと言われながらも、仲間のために薬を作り続けていたのだけれど……ある日、ついにパーティを追放されてしまった! 故郷に帰るお金もなく、見知らぬ町で途方に暮れていると、ひょんなことから死にかけの魔法剣士・カイドに出会う。さっそく彼に治療を施し、自作の回復薬を渡したら、なぜかその薬を大絶賛されて——!?
Eランクの薬師 1
雪兎ざっく 鳴海マイカ
秘密の特効薬で黒幕に痛快ざまぁ!
アルファポリスWebサイトにて
好評連載中!
B6判/各定価:748円(10%税込)
アルファポリス 漫画
検索
大好評発売中!

この作品に対する皆様のご意見・ご感想をお待ちしております。

おハガキ・お手紙は以下の宛先にお送りください。

【宛先】

〒150-6008 東京都渋谷区恵比寿4-20-3 恵比寿ｶﾞｰﾃﾞﾝﾌﾟﾚｲｽﾀﾜｰ 8F
（株）アルファポリス　書籍感想係

メールフォームでのご意見・ご感想は右のＱＲコードから、
あるいは以下のワードで検索をかけてください。

アルファポリス　書籍の感想　検索

ご感想はこちらから

本書は、「アルファポリス」（https://www.alphapolis.co.jp/）に掲載されていたものを、
改稿のうえ書籍化したものです。

悪役令嬢《あくやくれいじょう》になりたいのにヒロイン扱《あつか》いってどういうことですの!?

永江寧々（ながえ ねね）

2021年 8月 5日初版発行

編集－堀内杏都
編集長－倉持真理
発行者－梶本雄介
発行所－株式会社アルファポリス
〒150-6008 東京都渋谷区恵比寿4-20-3 恵比寿ｶﾞｰﾃﾞﾝﾌﾟﾚｲｽﾀﾜｰ8F
TEL 03-6277-1601（営業） 03-6277-1602（編集）
URL https://www.alphapolis.co.jp/
発売元－株式会社星雲社（共同出版社・流通責任出版社）
〒112-0005 東京都文京区水道1-3-30
TEL 03-3868-3275
装丁・本文イラスト－紫藤むらさき
装丁デザイン－AFTERGLOW
（レーベルフォーマットデザイン－ansyyqdesign）
印刷－中央精版印刷株式会社

価格はカバーに表示されてあります。

落丁乱丁の場合はアルファポリスまでご連絡ください。

送料は小社負担でお取り替えします。


ISBN978-4-434-29142-5 C0093